Limpa

F✸SF✸R✸

ALIA TRABUCCO ZERÁN

Limpa

Tradução do espanhol por
SILVIA MASSIMINI FELIX

*Tudo consiste em saber
quem limpará quem.*

Albert Camus, *A queda*

MEU NOME É ESTELA, estão me ouvindo? Eu disse: Es-te-la-
-Gar-cí-a.

Não sei se estão gravando ou tomando notas, ou se na verdade não há ninguém do outro lado, mas se estiverem me ouvindo,
se estiverem aí, quero propor um acordo: vou contar uma história e quando chegar ao fim, quando eu me calar, vocês me permitem sair daqui.

Alô? Nada?

Vou entender seu silêncio como um sim.

Esta história tem vários começos. Eu até ousaria dizer que
ela é feita de começos. Mas me digam: o que é um começo? Expliquem-me, por exemplo, se a noite vem antes ou depois do dia, se
acordamos depois de dormir ou dormimos porque acordamos. Ou
melhor, para não exasperá-los com minhas divagações, digam-me
onde começa uma árvore: se na semente ou no fruto que antes
envolvia a semente. Ou talvez no galho do qual brotou a flor que
mais tarde se tornou esse fruto. Ou na própria flor, entendem?
Nada é tão simples quanto parece.

Uma coisa semelhante acontece com as causas, elas são tão
confusas quanto os começos. As causas da minha sede, da minha

fome. As causas deste confinamento. Uma causa leva à outra, uma carta cai sobre a seguinte. A única certeza é o desfecho: no final, nada resta de pé. E o desfecho desta história é o seguinte, vocês querem mesmo saber?

A menina morre.

Oi? Nenhuma reação?

É melhor eu repetir, talvez uma mosca tenha zumbido no ouvido de vocês ou tenham se distraído com uma ideia mais aguda ou mais estridente que minha voz:

A menina morre. Agora vocês ouviram? A menina morre e continua morta, não importa por onde eu comece.

Mas a morte também não é tão simples, nisso acho que estamos de acordo. Acontece com ela uma coisa parecida com o que ocorre com o comprimento e a largura de uma sombra. Muda de pessoa para pessoa, de animal para animal, de árvore para árvore. Não há duas sombras idênticas sobre a superfície da terra, e tampouco duas mortes iguais. Cada cordeiro, cada aranha, cada tico-tico morre à sua maneira.

Vejamos o caso dos coelhos... Não percam a paciência, isso é importante. Vocês já pegaram um coelho nas mãos? É como segurar uma granada, uma bomba-relógio macia. Tique-taque, tique-taque, tique-taque. É o único animal que morre de medo com frequência. Basta o cheiro de uma raposa, a suspeita distante de uma cobra para que seu coração dispare e suas pupilas se dilatem. A adrenalina, então, dá uma martelada no coração e o coelho morre antes que as presas se cravem no seu pescoço. O medo o assassina, entendem? A simples antecipação o mata. Numa fração de segundo, o coelho intui que vai morrer, vislumbra como e quando. E essa certeza, a do seu próprio fim, o condena à morte.

Isso não ocorre com os gatos, os pardais, as abelhas ou os lagartos. E o que dizer das plantas? A morte de um salgueiro ou de uma hortênsia, de um olmo ou de uma caneleira. Ou a morte de uma figueira, essa árvore robusta, com seu tronco sólido e cinza como o cimento. Matá-la exigiria uma causa poderosa. Que inverno depois de inverno, ano após ano, um fungo letal penetrasse seus galhos e finalmente, depois de décadas, apodrecesse suas raízes. Ou que uma serra a amputasse e transformasse seu tronco num punhado de madeira.

A mesma coisa acontece com todas as espécies, com cada ser que habita este planeta. Cada um deve encontrar sua justa causa de morte. Uma causa capaz de dobrar a vida, uma razão suficiente. E a vida, como vocês sabem, se prende a alguns corpos com muita força. Torna-se vigorosa, teimosa, e é muito difícil desprendê-la. Para conseguir isso, é necessário ter a ferramenta adequada: o sabão para a mancha, a pinça para o espinho. Vocês podem me ouvir aí do outro lado? Estão prestando atenção em mim? Não é possível que um peixe morra afogado no fundo do mar. E um anzol mal arranharia o palato de uma baleia. Também não se pode ir mais longe, é impossível morrer mais do que o necessário.

Não estou fugindo do assunto, não se preocupem, este é o limite da história. E é preciso circundá-lo antes de penetrar nela. Que entendam como cheguei aqui, que acontecimentos me levaram a este confinamento. E que vocês se aproximem, pouco a pouco, da causa da morte da menina.

Eu matei, é verdade. Juro que não vou mentir para vocês. Matei moscas e mariposas, galinhas, vermes, uma samambaia e uma roseira. E há muito tempo, por compaixão, também matei um leitão ferido. Daquela vez senti pena, mas o matei porque ele já ia morrer. Ia morrer lenta e dolorosamente, então fui e antecipei sua morte.

Mas vocês não estão interessados nessas mortes, não é isso que desejam ouvir. Não se preocupem, vou direto ao ponto, à tão esperada causa da morte: um punhado de comprimidos, a queda de um avião, uma corda em volta do pescoço... alguns, apesar de tudo, sempre sobrevivem. Para esses poucos, a tarefa de morrer não é tão fácil. Homens que precisam da batida de um caminhão, de uma bala no peito. Mulheres que se atiram de um sexto andar porque o quinto não seria suficiente. Para outros, ao contrário, basta uma simples pneumonia, uma corrente de ar frio, um caroço entalado na garganta. E uns poucos, como a menina, só precisam de uma ideia. Uma ideia perigosa, afiada, nascida num instante de fraqueza. Vou falar dessa ideia para vocês. Vou dizer quando ela surgiu. Agora parem o que estão fazendo e prestem atenção em mim.

O ANÚNCIO DIZIA ASSIM:

Procura-se empregada, boa aparência, período integral.

Não especificava mais do que um número de telefone que logo se transformou num endereço, e para lá me dirigi vestida com uma blusa branca e esta mesma saia preta.

Fui recebida na porta, pelos dois. Falo do patrão e da patroa, do senhor e da senhora, dos chefes, dos amos, vocês escolhem como querem chamá-los. Ela estava grávida e, quando abriu a porta, pouco antes de apertar minha mão, me examinou de cima a baixo: meu cabelo, minhas roupas, meus tênis ainda brancos. Foi um olhar minucioso, como se isso lhe permitisse averiguar alguma coisa importante a meu respeito. Ele, por outro lado, nem sequer me olhou. Estava escrevendo uma mensagem no celular e, sem levantar a vista, apontou para a porta que dava acesso à cozinha.

Não poderia reproduzir as perguntas que me fizeram, mas sim algo muito curioso. Ele havia se barbeado e um filamento de espuma brilhava sob sua costeleta direita.

Oi? Que foi? Uma empregada não pode usar a palavra filamento?

Parece que ouvi uma gargalhada, uma risada não muito amistosa do outro lado da parede.

Estava dizendo que aquela mancha me desconcertou, era como se um pedacinho da pele dele tivesse sido arrancado e por baixo não houvesse sangue ou carne, mas uma coisa branca, artificial. A patroa percebeu que eu não conseguia parar de olhar para ele e, quando finalmente notou a espuma, umedeceu o polegar e limpou a pele dele com um pouco de saliva.

Vocês devem estar se perguntando: qual a importância disso? Nenhuma, essa é a resposta, embora me lembre bem do gesto do patrão, da maneira como afastou a mão da esposa recriminando-a por aquela exibição de intimidade diante de uma completa estranha. Algumas semanas depois, eu estava arrumando a cama do casal, e ele de repente saiu do banheiro. Eu achei que ele já tinha ido trabalhar, mas lá estava ele, na minha frente, totalmente nu. Quando me viu, não se assustou, nem sequer pareceu incomodado. Pegou a cueca com calma, voltou ao banheiro e fechou a porta às suas costas. Me expliquem vocês o que aconteceu entre o primeiro dia e os seguintes.

Eles precisavam de alguém o mais rápido possível. O patrão perguntou:

Pode na segunda?

A patroa:

Talvez hoje mesmo?

Na geladeira, havia um papel com cada uma das minhas tarefas. Assim, não seria necessário perguntar se a empregada sabia ler, se podia escrever a lista do supermercado, os recados no caderninho ao lado do telefone. Eu me aproximei, li a lista, tirei o papel e o enfiei no bolso. Asseada, assertiva, uma empregada com formação suficiente.

Posso começar na segunda-feira, respondi.

Eles imediatamente concordaram. Nem me pediram referências. Depois entendi que tudo corria contra o tempo naquela casa, embora a pressa deles, tanta pressa, seja uma coisa que jamais entendi. Quem se apressa perde tempo, era o que dizia minha mãe quando eu saía atrasada para a escola e cortava caminho pela horta. E o tempo, me avisava, não se pode vencer. Essa corrida está combinada desde o dia em que nascemos. Mas estou divagando... Contava a vocês sobre as horas que lhes faltavam nos dias e dos poucos dias que faltavam até que a primeira filha deles nascesse.

Eu sei o que vocês vão me perguntar, e a resposta é não. Eu não tinha experiência com crianças, e não menti para eles. Minha mãe me dissera ao telefone: não minta para eles, Lita, nunca minta no primeiro dia. Então eu disse, sem hesitar:

Não tenho filhos, não tenho sobrinhos, nunca troquei uma fralda.

Mas a decisão já estava tomada. A patroa tinha gostado da minha blusa branca, da minha trança longa e arrumada, dos meus dentes retos e limpos, e que em nenhum momento eu tivesse ousado encará-la.

Assim que as perguntas terminaram, me mostraram o resto da casa:

Aqui estão os produtos de limpeza, Estela.

As luvas de borracha, o pano.

Aqui o kit de primeiros socorros.

As esponjas, o cloro, o detergente, os lençóis.

Aqui a tábua de passar, o cesto de roupa suja.

O sabão, a máquina de lavar, a caixa de costura, as ferramentas.

Que nada apodreça, Estela.

Que nada passe da validade.

Faxina completa às segundas-feiras.

Regar o jardim toda tarde.

E não abrir a porta para ninguém, nunca, em hipótese alguma.

Não me lembro de muito mais, exceto que naquele dia eu tive um pensamento, e esse pensamento permaneceu comigo. Enquanto caminhava pelo corredor, pelos banheiros e espiava cada um dos cômodos, enquanto observava a sala de estar, a sala de jantar, o grande terraço e a piscina, pensei, muito claramente: esta é uma casa de verdade, com pregos cravados nas paredes e quadros pendurados nesses pregos. E esse pensamento, não sei por quê, doeu aqui mesmo, entre meus olhos. Como se um incêndio tivesse começado e queimasse bem neste ponto.

NÃO ME MOSTRARAM O QUARTO DOS FUNDOS. Estou falando do dia da entrevista. Aquele que eles chamavam de "seu quarto" e que vou chamar de quarto dos fundos. Só o vi na segunda-feira seguinte, no meu primeiro dia de trabalho. A patroa me recebeu, pálida, a pele do rosto coberta de suor.

Fique à vontade, disse ela, e se retirou para descansar.

Entrei na cozinha, só eu, e fiquei surpresa por não ter notado antes aquela porta tão estranha. Confundia-se com os azulejos das paredes, como uma cripta secreta. Me aproximei e a deslizei. Sabiam que era uma porta de correr? Para não ocupar espaço. Para não esbarrar na cama. Não se empurrava como uma porta comum, então eu a deslizei para a esquerda e entrei no cômodo pela primeira vez.

Anotem o que havia lá dentro, talvez tenha alguma importância: uma cama de solteiro, uma mesa de cabeceira bem pequena, um abajur, uma cômoda, uma televisão velha. Dentro da cômoda, seis uniformes: segunda, terça, quarta, quinta, sexta, sábado. Domingo era o meu dia de folga. Não havia quadros nem enfeites, apenas uma janelinha. Também um banheiro com ducha, uma penteadeira velha e algumas manchas de umidade que pareciam gargalhar.

Fechei a porta atrás de mim e fiquei parada, com os lábios subitamente secos. Senti minhas pernas amolecerem e sentei na beira da cama. Aí tive uma sensação... como descrevê-la? Senti que ainda não tinha entrado naquele quarto e que eu mesma, de fora, olhava para a mulher que eu seria a partir daquele momento: os dedos entrelaçados sobre a saia, os olhos secos, a boca seca, a respiração agitada. Notei que a porta do quarto era feita de um vidro opaco, canelado. O patrão já deve ter proferido para vocês uma de suas palavras favoritas: trans-lú-ci-do. Uma porta de vidro translúcido ligava o dormitório à cozinha. E lá vivi durante sete anos, embora nunca, nem uma vez, o tenha chamado de "meu quarto". Escrevam isso nas suas atas, vamos lá, não se acanhem: "ela se recusa categoricamente a se referir ao cômodo como seu quarto". E acrescentem, à margem: "negação", "ressentimento", "possível motivação criminosa".

Depois de um tempo, ouvi alguém entrar na cozinha e me esperar do lado de fora... ou de dentro. Não sei. Talvez aquele quarto estivesse do lado de fora e a cozinha estivesse do lado de dentro. Algumas coisas são confusas, pelo menos para mim: dentro, fora; presente, passado; antes, depois.

A patroa pigarreou, engoli em seco e disse:

Já estou indo.

Ou talvez ninguém tenha pigarreado e eu também não tenha falado nada, e aquela mulher, que seria eu pelos próximos sete anos, se despiu e passou um uniforme pela cabeça. Achei-o muito apertado no pescoço, estreito demais para mim, mas quando quis desabotoar o primeiro botão notei que ele não tinha casa. Um botão de enfeite na garganta da empregada doméstica. Os outros cinco uniformes tinham o mesmo botão falso.

É estranho que eu me lembre desse detalhe e não tenha a menor ideia do que fiz no resto daquele dia. Não sei se cozinhei. Não sei se lavei. Não sei se reguei. Não sei se passei roupa. Dessas semanas não me lembro de nada além da nossa perseguição constante. Se eu entrasse na sala, a patroa ia furtivamente para a sala de jantar. Se eu entrasse na sala de jantar, ela fugia para o banheiro. Se eu quisesse limpar o banheiro, ela se trancava no escritório. Não sabia o que fazer, para onde ir. Era difícil para ela se movimentar por causa da gravidez, mas era preferível fugir a ficar sozinha e muda com uma estranha. Porque é isso que eu era, uma estranha. Não sei quando deixei de sê-lo. Quando ela começou a me pedir para lavar as calcinhas dela à mão, a me dizer Estelita, a menina vomitou, passe água sanitária no chão, por favor. Mas perguntem a ela a data do meu aniversário, perguntem a ela quantos anos eu tenho.

Naquela primeira semana, eles nem sabiam como me chamar. Trocavam meu nome pelo da que havia trabalhado antes de mim naquela casa. A que esfregava o fundo da privada e tirava o lixo às terças e sextas-feiras. A que preparava salada russa e os via deitados na cama. Nunca me disseram nada, mas sei disso porque nenhum deles era capaz de pronunciar corretamente meu nome.

Mmmestela, diziam.

Ainda me pergunto qual era o nome da anterior: María, Marisela, Mariela, Mónica. Não tenho dúvida com relação à inicial; demorou meses para desaparecer.

Quanto a mim, sempre a chamei de "senhora". A senhora não está. A senhora vai comer alguma coisa? Que horas a senhora volta? Mas seu nome é Mara, senhora Mara López. Certamente, quando foi chamada para depor e ela olhou para vocês como se olha para uma mancha, como se constata um erro, disseram-lhe: "Senhora Mara, por favor, sente-se. Aceita um copinho d'água?

Aceita um chá? Prefere açúcar ou adoçante?", enquanto se perguntavam, como eu, quem diachos se chama assim. É como se chamar Jula ou Veronca. Como viver com uma ausência.

Havia algo nela. Como um... deixem-me pensar. Um desapego. Ou não. Essa não é a melhor palavra. Um desprezo, melhor. Como se todos lhe provocassem tédio, ou qualquer tipo de cumplicidade a repugnasse. Pelo menos essa era sua fachada. A máscara que cuidadosamente usava manhã após manhã. Por baixo dela: ficava vermelha de raiva quando o marido chegava tarde do trabalho e toda vez que a filha cuspia a comida já mastigada no prato; e sua pálpebra, a esquerda, tremia sem parar, como se um pedacinho do próprio rosto quisesse escapar e nunca mais voltar.

Mas eu me perdi, é verdade. Deve ser a falta de hábito. O rosto da patroa não tem importância, devo falar a respeito dele também.

Ele, vocês adivinharam, eu o chamava de "senhor", embora às vezes eu o chamasse de "seu pai". Onde está seu pai? Seu pai já chegou? Mas o nome dele é Cristóbal. Senhor Juan Cristóbal Jensen. Um homem um tanto rude, com entradas de uma calvície precoce e olhos de um azul-celeste semelhantes aos da chama do aquecedor. Todas as manhãs, antes de sair, murmurava a mesma frase: mais um dia de trabalho. Talvez fosse um mantra ou realmente o detestasse. Estou falando do trabalho, não se assustem. Odiava os colegas, as enfermeiras, cada um dos seus pacientes. Vocês já devem tê-lo visto com a camisa bem passada, os sapatos bem engraxados, esperando que alguém lhe agradeça por salvar a vida. Ou talvez ele vestisse o jaleco branco para que o chamassem de "doutor". Ele adorava isso, que se referissem a ele como "doutor Jensen". Mas escrevam isto nos seus papéis: ser médico não importa. Não quando sua única filha morre. Não quando você é incapaz de salvá-la.

Falávamos pouco, ele e eu. Bastava servir-lhe a comida pontualmente e deixar as camisas limpas e passadas. Eu não saberia mais como descrevê-lo, talvez vocês possam me ajudar. Como definiriam uma pessoa que não fuma, que quase não bebe, que pondera cada palavra antes de dizê-la, a calcula, para evitar excessos que o levem a perder tempo? Um homem obcecado com o tempo:

Vamos comer daqui a uma hora, Estela.

Esquente a comida em quinze minutos.

Estou dez minutos atrasado para a clínica.

Tenho dois minutos para tomar café da manhã.

Chego num minuto, abra o portão.

Vou contar até três.

Dois.

Um.

Uma perpétua contagem regressiva.

A MENINA NASCEU EM 15 DE MARÇO, uma semana depois que eu cheguei. Fiquei alarmada com aquele uivo de dor seguido de uma palavra: respire.

Eram cinco da manhã, eu estava dormindo, mas vai saber, às vezes me pergunto se alguma vez consegui dormir naquele quarto. O grito me assustou, levantei e espiei o corredor. A patroa estava segurando a barriga. O patrão a levava pela cintura e tentava convencê-la a caminhar até a porta do carro. Um passo, um grito. Outro passo, outro grito. Gritava como se não houvesse um limite para os gritos que podem ser dados durante a vida; como se cada lamento não valesse um milhão de palavras.

Voltaram vários dias depois. Estava esperando que eles chegassem muito antes, mas o parto teve complicações e ninguém me avisou. Para quê? Por que a empregada tem de ser avisada? Essa espera foi estranha. Eles não estavam na casa, mas também não tinham ido embora. Lembro-me de passar hora após hora na copa, as mãos apoiadas sobre a mesa, olhando fixo para a tela que ficava em cima da geladeira: seca histórica no país, bloqueios de estradas na Araucanía, oferta relâmpago de máquinas de lavar. Era assim que eu passava o dia, entre tragédias e comerciais. Suponho que poderia ter aproveitado para dar um mergulho na piscina, para falar ao telefone a tarde toda, beber os restos de uísque e experimentar as joias da patroa. Era o que vocês esperavam, não é? Não me façam rir.

Certa manhã, finalmente, ouvi os freios do carro, as chaves na fechadura. Esperei ouvir um choro, mas não ouvi o bebê. Não chorou ao nascer, vocês sabiam? O patrão zombaria daquele silêncio toda vez que a menina se rebelasse, aos chutes. Sempre que fosse impossível acalmar as birras da sua menina arisca, ele e sua esposa se lembrariam de que a filha havia permanecido muda nos primeiros dias de vida. Como se nada lhe fizesse falta. Como se tivesse nascido satisfeita.

A patroa tinha o pequeno volume nos braços e um sorriso duro, artificial, quase uma careta de terror. Notei que o esforço de sair do carro a deixara exausta. A pele abatida e acinzentada, os lábios rachados e um suor do qual ela não conseguiria se livrar por semanas. Abra as janelas, Estela, as portas, todas as portas, faça o ar circular, por favor. Assim ela dizia, por favor, como se fosse um favor que no futuro ela me devolveria.

Deu alguns passos curtos, parou na soleira da porta e soltou um suspiro. Acho que foi a única vez que senti pena da patroa. Fiquei com pena de tanto cansaço, então estendi os braços e segurei sua filha. É assim que as pessoas são, não é? Era o que dizia minha mãe quando deixava um prato de leite para os vira-latas da praça de Ancud. É assim que somos, repetia quando aceitava cuidar dos gatos alheios ou carregava as sacolas de algum velho do armazém até a casa dele. É assim que somos, é assim que somos. Isso não é verdade. Não é assim que as pessoas são, sublinhem essa frase.

Assim que a peguei, o peso daquela menina me desnorteou; insignificante, tão frágil que dava vontade de chorar. As pálpebras salientes e o rosto redondo eram os de qualquer recém-

-nascido. O mesmo cheiro, o mesmo desespero de quando abrem os olhos fora de foco. Pareceu-me menor do que eu imaginara, mas o que eu sabia? Muito em breve ela cresceria e suas unhas cresceriam, e eu teria de cortá-las milhares de vezes ao longo de uma vida robusta e teimosa, como a vida deveria ser.

Quando a segurei nos braços, a patroa disse que precisava descansar, que eu ficasse com ela. Ela não falou o nome, sabiam? Disse "ela", nada mais. Fique com ela, Estela. Faça-a dormir, por favor. Talvez seja por isso que para mim ela sempre foi só "a menina", embora o nome dela fosse Julia, e certamente vocês saibam disso.

Levei-a para o último quarto do corredor. Eles o haviam decorado com um papel de parede de margaridas silvestres, um berço de madeira e um móbile de zebras e sóis que girava sem parar. Deitei-a no trocador de vime e comecei a despi-la. O xale, uma manta de algodão, um *body* muito folgado. Ela ficou de fralda e eu pude ver o resto do seu corpo. Avermelhado, com manchas amarelas e o cordão enegrecido pendurado no umbigo. Ela retorceu os braços ao entrar em contato com o frio, mas não chorou. Abriu aquela boca desdentada e soltou o ar, nada mais. Aquela boca logo estaria cheia de palavras: me dá, eu quero, vem, não.

Tirei os prendedores da fralda e um cheiro avinagrado inundou o quarto. Eu achava que os recém-nascidos não tinham cheiro de nada, mas o que eu sabia? Merda é merda, não importa de onde venha, minha mãe me dizia enquanto limpava o esterco dos porcos ou a fossa do campo, e acho que ela estava certa.

Com alguns lencinhos umedecidos, esfreguei a menina até que ela ficasse impecável. Coloquei outra fralda nela, um *body* menor, e no fim enfiei suas mãos em luvas brancas minúsculas. Eu tinha ouvido falar que as crianças arranham o rosto ao nascer. Que tipo de impulso é esse: nascer e arranhar o próprio rosto?

Eu a levantei nos braços e só então ela entreabriu as pálpebras. Tinha os olhos acinzentados, perdidos, incapazes de distinguir o contorno das coisas. Naquele momento, pensei: o silêncio deve ser isso, perder o contorno das coisas. E eu a balancei para me afastar do silêncio que já se precipitava sobre mim. De imediato, felizmente, a criança adormeceu. Ou talvez tenha fechado os olhos e ainda estivesse acordada, não sei. Eu a depositei gentilmente no berço e vi como ela se acomodava naquele espaço. Eu nunca tinha cuidado de uma menina antes, muito menos de uma recém-nascida. Avisei a patroa quando me contratou, mas ela achou que a empregada saberia usar a máquina de lavar, o ferro, a agulha, o dedal. E, claro, saberia cuidar da sua filha. Da sua Julia que agora dormia soltando uns gemidos agudos e tristes.

Não sei quanto tempo se passou. Quanto tempo se amontoou enquanto eu vigiava o sono daquela menina: dez minutos, sete anos, o resto da minha vida. Fiquei ali, paralisada, encostada nas grades do berço, sem conseguir tirar os olhos daquele peito que inflava e desinflava, incapaz de distinguir o afeto do desespero.

CERTA MANHÃ, estou falando do começo, tomei banho, vesti o uniforme e, assim que entrei na cozinha, vi um bilhete na porta da geladeira. Fiquei surpresa que a patroa não tivesse me avisado que sairia com a bebê tão cedo. Um teste, pensei. Ela queria ver se na primeira oportunidade, sozinha em casa, a nova empregada corria para o telefone para fofocar com suas tias, suas primas, suas inúmeras sobrinhas.

Certifiquei-me de que o telefone estava no gancho e voltei para o papel:

Detergente

Fraldas

Iogurte diet

Pão integral

Palavras e um bilhete que enfiei no fundo do bolso. Alfabetizada, confiável, de boa aparência.

O toque do telefone me assustou. Era a patroa, quem mais seria?, indubitavelmente era ela, mas eu não sabia o que fazer: se atendia para que ela verificasse que a nova empregada estava atenta; ou não atendia, deixava que o toque a enlouquecesse e que a patroa, do outro lado, compreendesse algo ainda mais valioso: o telefone estava desocupado e sua empregada, eficiente, já estava a caminho do supermercado.

Não atendi.

Lá fora o calor se alastrara pelas folhagens, lânguidas de tanto sol. Saí como estava vestida, com meu uniforme, com meus tênis e, na minha frente, na calçada oposta, vi uma mulher caminhando. Vestia um uniforme idêntico ao meu, os mesmos quadradinhos brancos e cinza, o mesmo botão falso, a mesma trança e tênis, e andava muito devagar com uma velha de brincos de pérola, bolsa no ombro, cabelos tingidos e penteados. Retifico, não... Não exatamente assim. Não passeava *com* aquela velha. Ela a arrastava com dificuldade, em passos curtos, com o tronco retorcido pelo peso. A mulher me viu, nos encaramos e paramos ao mesmo tempo. O rosto dela era o meu, foi o que eu pensei, e um calafrio percorreu meu corpo. Se eu soltasse o braço, se eu fosse embora de repente, a velha ao lado dela cairia de cara no chão.

Andei muito rápido na direção oposta à delas. Eu não sabia aonde ir para encontrar o supermercado, mas a simples ideia de andar na frente daquela mulher era insuportável. Passei diante de alguns condomínios privados e de umas mansões muradas. Era o fim do verão e, embora algumas árvores tivessem perdido suas primeiras folhas, nenhuma delas cobria a calçada. Impecável, recém-varrida. O cimento sem rachaduras, a rua arborizada, nenhum ônibus passava por ali. Como o cenário de um filme, foi o que pensei, e apressei o passo.

Acho que, por causa dessa calma excessiva, notei que alguém estava me seguindo. Uma sombra, um farfalhar; atrás de mim devia estar aquela mulher, a que seria eu daqui a alguns anos. Pisando no meu calcanhar com meus tênis, sussurrando-me um segredo com minha voz. Senti o coração disparar, as mãos frias e úmidas. Eu tinha certeza de que ia desmaiar. Que ia bater a cabeça no asfalto. Que ia acordar num hospital. A patroa me expulsaria do trabalho por ser fraca, doente. Eu teria de voltar para a ilha e dar razão à minha mãe: tudo tinha sido um erro, eu nunca deveria ter ido a Santiago. Então falei para mim mesma: Estela, chega. E me virei bruscamente.

Uma casa atrás da outra, uma cerca elétrica atrás da outra, nenhuma alma na calçada. O tempo estava seco, vocês sabem disso, mas os gramados, os jardins, os canteiros ainda estavam verdes. Um bairro harmonioso, sereno, uma cidade em miniatura. Parei para recuperar o fôlego, enxuguei as mãos no uniforme e vi que na frente, na esquina, havia um posto de gasolina e o bendito supermercado.

Atravessei a rua e, para encurtar o caminho, passei pelo meio do posto. Não sei por que fiz isso. Por que eu queria encurtar o caminho, ganhar tempo, chegar mais cedo? O rapaz que atendia me encarou, por muito mais tempo do que é permitido olhar para outra pessoa. Não se importava em me deixar desconfortável, ou era exatamente isso que ele queria. Seja como for, quem pensaria em sair na rua com o uniforme de empregada e aquela cara de pânico? De soslaio, olhei para ele. Era jovem, magro, com uma samambaia tatuada no braço e um enorme cachorro marrom deitado aos seus pés. Ele não tirou os olhos de mim até eu entrar no supermercado. Como se aquela mulher, ou seja, eu, fosse uma verdadeira aparição.

O anúncio das ofertas me distraiu e tirei a lista do bolso:

Detergente

Fraldas

Iogurte diet

Pão integral

Risquei as palavras como vocês provavelmente riscam algumas das minhas. Aquelas que consideram inadequadas ou implausíveis; aquelas que julgam incorretas. Paguei, guardei a nota, contei as moedas do troco e saí para a rua de novo. Agora prestem atenção, meus amigos, estou falando com vocês. Sim, com vocês, que estão à espera de uma confissão. O que está acontecendo? Parece que ouvi uma reprovação atrás da porta. Vocês se incomodam que eu lhes chame de "amigos"? Íntima demais? Como vocês querem que eu os chame? Vossa majestade, vossa excelência, excelentíssimas damas e cavalheiros?

Em mais de uma ocasião me perguntei quem são vocês. Se por acaso, ao me aproximar do vidro, eu poderia adivinhar suas expressões. Mas não importa o quão perto eu chegue, não vejo nada além do meu próprio reflexo neste vidro e então olho para meus olhos, minha boca, as primeiras rugas na testa, e me pergunto se o cansaço é uma fase e se algum dia, no futuro, vou recuperar o rosto que eu costumava ter.

Mas minha história saiu dos trilhos mais uma vez, por favor, tenham paciência comigo. Assim que saí do supermercado e o sol me bateu em cheio no corpo, aconteceu *aquilo* pela primeira vez. Levantei a vista, olhei em volta e não soube onde estava. Não é uma maneira de dizer. Não falo metaforicamente. Corri os olhos pelo asfalto, pelas folhas que tremulavam nas quilaias, pelo nome escrito na placa da bomba de gasolina. Mas, por mais que eu percorresse com os olhos aquela realidade que me rodeava, eu não conseguia decifrar como tinha chegado àquela rua, àquele bairro, àquela cidade, àquele trabalho. Eu não conseguia distinguir a terra do asfalto, uma bicicleta de um animal, uma perna da outra, aquela empregada de mim mesma. A própria ideia de um animal, de um asfalto sobre a terra, da empregada andando com seu uniforme sob o sol, tornou-se totalmente estranha para mim. Numa espécie de dobra... era aí que eu tinha me enfiado e não conseguia mais sair.

Fiquei ofuscada pela luz, paralisada pelo medo, procurando desesperadamente uma coisa que me trouxesse de volta ao meu próprio corpo. Várias vezes dei tapas nas bochechas e esfreguei os olhos com os punhos. Então vi aquele cachorro de novo: marrom, desgrenhado, o olhar selvagem. O cachorro, a samambaia gravada no braço do rapaz, a rua impecável, aquela mulher que um dia seria eu passeando com sua patroa, já velha. Lembrei-me do caminho de volta e corri para casa.

Eu mal tinha entrado pela porta da frente quando ouvi o telefone.

Patroa, foi o que eu disse, sem esperar que ela falasse.

Perguntou como eu tinha adivinhado quem estava ligando. Não falei nada, para quê? Minhas mãos ainda tremiam, eu queria me sentar por alguns minutos, mas teria de voltar ao supermercado o mais rápido possível. A patroa se esquecera do azeite e do sabão.

BOM DIA, ESTELA.

Bom dia, senhor.

Boa noite, Estela.

Boa noite, senhora.

Abrir os olhos, levantar-se, tomar banho rápido. Pôr o uniforme, prender o cabelo, entrar na cozinha. Ferver a água, fazer um chá, comer um pão com manteiga. Preparar o café da manhã deles, levá-lo na cama, receber as instruções para o dia.

Quando tiverem saído para o trabalho, entrar no quarto deles. Pegar os pijamas do chão, abrir todas as janelas, conferir a agitação animada dos papagaios nos pinheiros. Puxar a colcha, as cobertas e enrolá-las ao pé do colchão. Em seguida, tirar o lençol, agitá-lo com força e observar o tecido inflar como um grande paraquedas.

Arrumei a cama de casal todos os dias que trabalhei naquela casa. São várias centenas de manhãs, eu não tinha calculado até agora. Centenas de vezes observei aquelas dobras no lençol de baixo. Fiapos na altura dos pés, dos movimentos que o patrão e a patroa faziam todas as noites. Sempre achei aqueles fiapos no tecido curiosos. Fico imaginando que se agitaram no sono até desgastarem as meias. Eu, desde criança, durmo quieta como uma múmia, talvez porque eu costumava dividir a cama com minha mãe. No verão, cada uma ficava no respectivo lado do colchão, mas no inverno eu temia que o vento arrancasse as folhas de zinco do telhado ou que a casa deslizasse pela lama até a beira da praia ou que um enorme eucalipto velho caísse sobre nós. Então me virava de um lado para o outro observando o farfalhar dos galhos, o bater da chuva e a respiração serena da minha mãe, que depois de um tempo me avisava:

Fecha os olhos, bezerrinha, só as corujas não dormem.

Mas minhas lembranças se intrometeram, desculpem-me de novo. Falava-lhes da cama, das cobertas, dos fiapinhos perdidos. Para que os travesseiros recuperem a forma, é necessário bater neles. Também é necessário bater nas almofadas, nas cortinas, nos tapetes. Bater na palma da mão depois de carregar o peso das compras, bater nas melancias e melões para escolher os mais açucarados, bater-se no peito na igreja e bater nas próprias bochechas quando a irrealidade toma conta de si. Apenas os golpes liberam a poeira e introduzem ar entre as penas. E eu introduzia o ar todas as manhãs. Enchia de ar os travesseiros em que o patrão e a patroa descansavam a cabeça à noite.

No terceiro dia em casa, a criança finalmente chorou. A patroa a amamentava na cama, com a janela escancarada. Sei disso porque estava varrendo o corredor e os fiapos voavam pela corrente de ar. Ela me chamou lá de dentro do quarto e num sussurro pediu que eu lhe trouxesse uma xícara de chá de camomila.

Eu estava entrando no quarto com a bandeja quando a menina engasgou. Fez um barulho oco, entrecortado e depois nada. O silêncio foi aterrorizante. A menina não conseguia respirar. O ar simplesmente não passava, o rosto foi ficando cada vez mais vermelho. A patroa a sacudia, batendo nas suas costas, mas não havia reação.

Cristóbal, gritou.

O grito soou desesperado. O patrão estava trabalhando no escritório. Pedira que ninguém o perturbasse. Estava estudando um caso difícil. Devia decidir se tratava ou não, se tentava salvar a paciente, uma menina, disse ele, e se trancou com seus papéis. Por sorte ele ouviu o grito.

Entrou correndo, pegou a menina, virou-a para baixo e a sacudiu. Um fio branco de vômito caiu sobre o tapete. A menina começou a chorar. A boca aberta, o rosto vermelho, os braços rígidos de cada lado do corpo. Como chorava, com que força! O patrão devolveu-a aos braços da patroa.

Mude-a de posição, disse. E depois:

Eu vou para a clínica, aqui é impossível trabalhar.

A patroa tentou acalmá-la, tranquilizar a filha, mas não foi possível. Assim que a aproximava do peito, a menina torcia a cabeça e gritava, fora de si. Eu ainda estava lá, entendem? Com a bandeja nas mãos, com o chá de camomila, muda e parada observando aquela criança estrilar ao menor contato com o corpo da mãe. Naquele momento a patroa me viu, eu me lembro perfeitamente bem. Olhou para mim, para a mancha no chão, de novo para mim. Não disse uma única palavra. Nem era necessário. Apoiei a bandeja na sua mesinha de cabeceira e voltei com um pano de chão.

Tudo isso é importante, não pensem que quero ganhar tempo. Fazer a cama, ventilar, esfregar o vômito do tapete. Já lhes disse antes: é necessário percorrer os contornos antes de penetrar no centro. E sabem o que está no centro de uma história como essa? Meias pretas de sujeira, camisas com manchas de sangue, uma menina infeliz, uma mulher que vive de aparências e um homem calculista. Que faz a conta de cada minuto, de cada moeda, de cada conquista. Que se levanta antes do amanhecer para conseguir correr, que escova os dentes enquanto manda, que repassa sua agenda enquanto corre, que lê o jornal enquanto come. O tipo de pessoa que vive a vida de acordo com um plano e que sabe tudo o que vai preencher seus minutos, suas horas. Porque os minutos e as horas também fazem parte desse plano.

Nada na vida do patrão havia se desviado do seu caminho. Nem a morte da mãe, embora a tristeza imprimisse rugas em volta dos seus olhos. Nem as brigas com a mulher, mesmo que isso lhe tirasse o apetite. Nem aquela filha intratável, que se recusava a comer. O plano, sem contratempos, seguia seu curso: estudar medicina, casar-se, comprar uma casa, considerá-la insuficiente. Vendê-la, comprar outra, ter problemas com o chefe. Transformar-se em chefe, gerar uma filha, salvar vidas, perder outras. Então, no auge, tropeçar e falar demais. Já vou contar para vocês, tenham calma, que a ansiedade não os corroa. Certa manhã, o patrão falou mais que o necessário e a realidade se ergueu e arrebatou seu plano com um golpe.

ALGUNS MESES DEPOIS DO NASCIMENTO, a patroa anunciou que voltaria ao trabalho. Ela me disse que sairia por duas horas, mais ou menos; precisava comprar algumas roupas e uma mala pequena para viajar ao Sul. Ela trabalhava numa madeireira, sabiam? Papéis, pinheiros, papéis, mais pinheiros. Tinha pastas e pastas de papéis sobre pinheiros: pinheiro escovado, venda de serragem, pinheiro cortado, compra de terras. A desvantagem de ter uma empregada alfabetizada. Lê documentos que não lhe dizem respeito, segredos que são deixados por escrito. Quanto ganham, quanto gastam, quanto vão herdar. Mas perdi o fio da meada de novo. Estava contando que a patroa foi fazer compras e que eu, disciplinada, fiquei sozinha em casa.

O que estou dizendo... sozinha. Quer dizer, eu fiquei com a menina. Não sei quando passei a considerar que estar com ela era não estar sozinha. Acho que esse momento é importante, mas deixei passar.

A patroa demorou mais do que o necessário e a menina começou a chorar. Havia completado seis meses e tinha um apetite voraz. Mais tarde, as refeições se tornariam verdadeiras batalhas. Horas para que ela comesse algumas ervilhas, para que aceitasse uns grãos de arroz. Tentei dar água com açúcar, mas não funcionou. Ela jogou a mamadeira no chão, e seus gritos se transformaram em guinchos. Não havia leite em pó, a patroa ainda a amamentava, então decidi amassar uma banana, cruzar os dedos e esperar. A menina devorou-a e depois de um tempo adormeceu.

Quando voltou, a patroa percebeu o prato sujo sobre a mesa e me olhou desconfiada. Ela raramente olhava para mim, sabiam? Eu estava na cozinha, ou no quarto dela, ou rastelando o jardim. Estava em todos os lugares, mas ela nunca olhava para mim. Naquele dia, no entanto, olhou. Não gostou que a empregada tivesse dado a primeira fruta para a menina, então cravou em mim um olhar furioso, vermelho de raiva. Já disse que ela corava facilmente: vermelha porque cortei a franjinha da menina, vermelha porque a repreendi no seu quarto, vermelha porque a criança só comia se a babá fizesse o aviãozinho. Resisti aos seus gritos sem responder. O que eu ia dizer? Ela tinha demorado quase três horas, a menina não parava de gritar e agora a filha dormia satisfeita no berço.

Depois de um tempo, a patroa se arrependeu do seu ataque. Não é conveniente repreender a empregada que mora na casa. Uma mulher com acesso à comida, aos segredos de família. Ela se deu conta do seu erro e quis fazer as pazes comigo.

Estelita, disse. Olha o que comprei pra mim.

O vestido vinha numa caixa amarrada com uma fita azul de cetim.

Comprei na liquidação, disse.

É pra isso que eu trabalho, disse.

Era para isso que a senhora Mara López trabalhava.

Ela ficou diante de mim e pôs o vestido na frente do corpo. O pano preto brilhante se colou à sua barriga ainda flácida.

O que você acha?, perguntou.

Era um vestido curto e apertado. Evidenciaria suas varizes, e o elástico da calcinha nos seus quadris ficaria marcado.

Lindo, respondi.

Ela sorriu e depois pediu que eu o pendurasse.

A patroa ficou lá embaixo fazendo chá, e eu subi para o quarto dela. Abri a porta do closet, tirei o vestido da caixa e, sem pensar, coloquei-o diante do meu uniforme. No espelho se refletiram alguns brilhos que eu não tinha visto antes, mas isso não foi suficiente para mim. De repente, tirei o uniforme e experimentei o vestido.

O tecido era escorregadio, quase impalpável, de um preto que resplandecia aqui e ali. Tão macio que de uma hora para a outra o vestido sumiria e eu também. Estendi a mão, apoiei-a na barriga e me olhei no espelho. Eu parecia vulgar, assim disfarçada. Vulgar naquele vestidinho preto e nos meus tênis surrados. Pareceu-me que o tecido ardia, queimava minha pele.

Não ouvi quando a patroa subiu as escadas. Também não a ouvi entrar no quarto. Só notei que ela estava na porta quando finalmente falou.

Estela, assim ela disse.

Naquela época me chamava de Estelita. Me traga um leque, Estelita, os chinelos, Estelita, uma xícara de café descafeinado sem açúcar, Estelita.

Eu não soube o que dizer. O que ia responder? Presente? Não, não falei nada. Esperei que ela me desse as costas, que tirasse os olhos de mim, mas logo entendi que a patroa não sairia dali. Eu teria de me despir na frente dela, assim como ela se despira muitas vezes na minha frente, como se a empregada não tivesse olhos para ver suas axilas irritadas, os pelos encravados na sua virilha, sua barriga de mãe recém-parida.

Peguei o vestido pela bainha e o passei por cima da cabeça. E fiquei assim, de calcinha e sutiã, olhando diretamente nos olhos dela. Tinha olhos castanhos, normais, bastante inexpressivos. Então, enquanto olhava para ela, um pensamento nasceu em mim. Tomem nota nos seus cadernos, vocês vão adorar isso. Foi uma imagem fugaz, uma bomba-relógio, uma ideia tão estrondosa que quase a digo em voz alta para me livrar dela.

Eu quis vê-la morta.

Isso mesmo, eu já disse que não mentiria para vocês. Esse foi meu desejo, mas não disse nada. Também não fiz nada, não se assustem, a patroa ainda está viva. Eu me abaixei, peguei o uniforme e o vesti o mais rápido que pude. Então estiquei cuidadosamente seu vestido e abri com as mãos um espaço dentro do closet. E enquanto eu vasculhava entre as saias em busca de um bendito cabide, a patroa me interrompeu e disse:

É melhor lavá-lo, Estela.

A MENINA CRESCEU VERTIGINOSAMENTE, como todos os recém--nascidos. Na mesma velocidade com que envelhecemos, mas preferimos ignorar. De um dia para o outro, seu pescoço já sustentava a cabeça, as mãos seguravam os brinquedos e as gengivas tinham dentes minúsculos e brancos. E num daqueles dias, um dia qualquer, ela disse sua primeira palavra.

Estava sentada no cadeirão e eu inclinada na frente dela, tentando fazê-la comer. Ao fundo, num ruído, a televisão anunciava que um homem tinha se incendiado em frente a um banco. Seu corpo queimava na tela, uma brasa vermelha, de joelhos. A casa dele havia sido confiscada por causa de uma dívida numa clínica. Sua esposa teve câncer. Ele tinha ficado viúvo e sem casa. Autoimolação, disse o jornalista. Imolado, morto. A menina mantinha os olhos cravados no fogo quando a patroa entrou na cozinha e desligou a televisão.

Que a babá não te faça ver tanta tragédia, ela disse, ou algo do tipo, não me lembro.

A menina ficou inquieta sem a tela e começou a se contorcer no cadeirão. Balbuciava, levantava os braços, gritava, cuspia, até que de repente se calou. Olhou em volta como se procurasse alguma coisa nas paredes, uma coisa perdida nos balcões, e como se finalmente encontrasse o que queria, apontou o dedinho para mim. Vi determinação naqueles olhos, e sua boca se entreabriu e pronunciou as duas sílabas idênticas.

Ba-bá, disse ela com total confiança.

Era assim que a patroa me chamava, suponho que isso seja evidente: vá tomar banho com a babá, vá comer com a babá, a babá vai esquentar sua mamadeira com leite.

A patroa a ouviu. Eu a ouvi também. E nós duas quisemos que a menina se calasse imediatamente, que voltasse ao brilho da tela, ao homem queimando na televisão. Enchi a colher de papinha e a dirigi para sua boca, mas a menina, assombrada pelo milagre de apontar e falar, gritou "ba-bá, ba-bá", com todas as forças.

A patroa olhou-a e por alguns segundos não soube o que fazer. Uma careta desfigurada se colara ao seu rosto. Em seguida, pegou a bolsa e tirou lá de dentro o celular.

Cristóbal, ela disse.

Ligava para o patrão. Usou aquele tom de voz, aquele de quando mentia ou estava furiosa, um pouco mais agudo que o normal. Continuei dando a papinha para a criança, colheres cada vez mais cheias para afundar as palavras na sua garganta. Mas ela, agora, gritava "babá" à beira de um ataque de choro.

A patroa falou mais alto, o tom ainda mais acentuado. Notei que estava nervosa. Umedeceu os lábios, engoliu em seco. Hesitou primeiro, como se não conseguisse encontrar as palavras. Depois, começou a falar. Disse ao marido que Julita finalmente havia falado pela primeira vez, tão precoce, tão avançada, inteligente como ninguém, e adivinhe sua primeira palavra, adivinhe o que ela disse, Cristóbal, vamos, adivinhe:

Sua primeira palavra foi ma-mãe.

Foi o que a patroa disse.

É melhor continuarmos amanhã. Isso é tudo por hoje.

É DIFÍCIL SABER O QUE ACONTECEU no primeiro ano, no segundo, no terceiro. Distinguir o antes do depois, um verão do outro. A primeira palavra, a primeira refeição, a primeira birra. Seguir uma ordem me ajudaria a organizar melhor esta história. Então eu iria passo a passo, hora após hora, sem pular de um acontecimento para o outro, de uma ideia para a seguinte.

Chupava o dedo, a menina. Sugava furiosamente o polegar, com o olhar fixo no vazio. Às vezes, eu me perguntava o que estava passando naquela cabecinha. Se por acaso ela repetia na mente os desenhos das histórias infantis ou se o pensamento de uma criança são formas e cores, nada mais. A patroa odiava que a filha chupasse o dedo. Assim que o levava à boca, a mãe lhe dava um tapa na mão.

Não, ela falava. E depois:

Você vai crescer com os dentes tortos, Julita. E você sabe como são as meninas de dentes tortos? Feias, é assim que elas são.

A menina tinha os dentes de leite separados e ficava boquiaberta olhando para o polegar brilhando de saliva. Depois de um tempo, sem perceber, voltava a enfiá-lo na boca.

Ela era muito bonita nessa época. Continuou linda depois, mas muito magra, pálida, uma criança apática. Quando bebê, por outro lado, era gordinha e sorridente. Arrastava-se pela casa e subia nos meus pés enquanto eu estava passando pano de chão nos cômodos. Ou batia no vidro translúcido para que eu fosse com ela ver uma aranha, um tatu-bola, um gato preto no muro do vizinho.

No início, ela se arrastava pelo chão e a patroa caçoava dela. A cobra, chamava-a, e nós duas ríamos. Depois de um tempo, aprendeu a engatinhar, embora essa etapa tenha sido breve. Algumas semanas, no máximo, e ela começou a andar.

A patroa estava recostada no sofá, conferindo o celular, quando a menina, que brincava com alguns blocos no chão, segurou no apoio de braço e levantou. O movimento foi rápido. Sentada, em pé e, de repente, dois breves passos. Eu a vi no momento em que trazia uma torrada com queijo para a patroa. Quase num grito, falei:

A menina está andando.

A patroa levantou a vista. A menina continuava de pé, surpresa consigo mesma. Deu mais um passinho antes de cair sentada no chão. Imediatamente deu risada. Uma risadinha suave, meiga. Ela me olhou morta de rir. Aquela risada contagiante, fácil, que não existe mais. A patroa pegou-a, abraçou-a e girou com ela como um pião. Uma volta, outra, em meio aos risos. Eu as olhava a poucos metros de distância. A filha, a mãe, aquela dança completa e feliz.

COM OS PRIMEIROS PASSOS, veio a primeira inspeção médica. O patrão a sentou no cadeirão, tirou-lhe as meias e examinou os pés. Dez dedos, sola, peito, curvatura. Dois pés de menina perfeitos, foi o que pensei enquanto cozinhava. O patrão discordava.

Puxou seus pés, disse à patroa, que guardava as compras na despensa.

Chatos, metatarsos caídos, vai ter que usar botinhas.

Em seguida foram os olhos. Achava importante levar a menina a um oftalmologista o mais rápido possível. Ele disse que a miopia infantil estava fora de controle. Usou essas palavras, fora de controle, enquanto eu amassava a papinha dela. Era sua favorita: frango, batata, abóbora.

Ele continuou a inspeção. Pegou os braços dela, ergueu-os. Observou a espessura das coxas. Naquele momento, ele virou e quis saber quanta comida eu lhe dava.

Um prato desses, eu disse, mostrando-lhe a tigela com desenhos.

E de sobremesa?

Fruta.

Quanta?

Não respondi. A patroa também estava lá. Ambos olhavam para a empregada, avaliavam suas respostas.

Ela está começando a engordar, disse o patrão. E então:

Você tem que cuidar da alimentação dela, Estela. A obesidade infantil está fora de controle.

Isso também estava fora de controle. A obesidade. A miopia. A menina olhou para ele e começou a chorar. Um pranto agudo e irritante. O patrão a pegou e tentou acalmá-la. Berros. Guinchos. A patroa tirou-a dos braços dele. Chutes, tapas. Fora de controle, pensei, mas não falei nada.

A patroa, porém, disse:

Cuide dela, Estela.

Peguei-a e saí com ela para o jardim dos fundos. Era primavera, lembro-me bem, mas fazia muito calor. A menina continuava chutando, gritando no meu ouvido, enquanto eu tentava me lembrar de alguma canção infantil. Não tinha jeito, eu não conseguia. Os gritos me impediam de pensar. Comecei a andar com ela em volta da piscina. Pensei em distraí-la com as árvores.

Esta é a figueira, eu disse. Quando você crescer, você vai escalar.

Isso é uma magnólia, eu disse depois.

Uma ameixeira.

Uma camélia.

Minha mãe me ensinou os nomes das árvores, caso vocês estejam se perguntando como eu as conheço. Foi de repente, todas juntas numa manhã de inverno. Tinha havido um temporal, uma árvore caíra na estrada e o ônibus que me levava para casa não conseguia avançar mais.

Desçam todos, disse o motorista, e nos deixou lá, sozinhos.

Eu tinha oito ou nove anos, não mais que isso. E tive que andar pelo campo, debaixo do aguaceiro, sem guarda-chuva. Meus sapatos afundavam na lama, o vento assobiava no meu ouvido, os galhos, acima, se dobravam até o chão. Pelo que me lembro, andei horas, mas não tenho certeza. Cheguei faminta e encharcada. Minha mãe me fez tirar a roupa, me envolveu num poncho de lã e, enquanto secava meu cabelo com uma toalha, fez essa única pergunta.

Que árvore era, Lita?

Dei de ombros. Para mim era uma árvore, nada mais, um tronco enorme atravessado no meio da estrada, uma árvore com seus galhos e folhas, como todas as outras árvores. Minha mãe insistiu.

Como era o tronco? De que cor? De que grossura, Lita?

No dia seguinte, ela me acordou de manhãzinha e me levou com ela para caminhar. Mostrou-me o bordo, o rauli, o cipreste, a araucária, a murta, o olmo. Tocava cada tronco com a palma da mão, como se fosse um batismo. Tive de repetir o nome e tocar no tronco também. Então ela me ensinou a distinguir o maqui do boqui, a murta, a framboesa. Quando terminou, me encarou, com os olhos cravados nos meus.

Os nomes são importantes, disse. Suas amigas por acaso não têm nome, Lita? Você as chama de menina, menino? Você chama a vaca de animal?

Quando terminei de lhe mostrar as árvores do seu jardim, a menina havia se acalmado. Tocava as folhas com cuidado, olhava para os caules, as copas, as frondes empoeiradas pela seca. Voltei para a cozinha para lhe dar o almoço e descobri que os patrões tinham saído. Sentei-a no cadeirão, olhei para seus pés e beijei cada um deles.

Esses dois pãezinhos, eu disse.

Ela riu, contente de novo. Servi-lhe um grande prato de papinha, que ela imediatamente devorou. Ouvi a porta do banheiro se fechar. Também a porta da frente. Quando me certifiquei de que eles não voltariam, abri a geladeira. Tirei a geleia de amora, apoiei-a na bandeja da menina, peguei sua mão e lambuzei seu polegar. A menina olhou para seu dedo preto pegajoso e entendeu. Levou-o à boca, feliz. Chupou o dedo durante todo aquele dia.

SEI O QUE VOCÊS DEVEM estar pensando: mal-agradecida. Eu tinha comida, teto, trabalho, abrigo. Um salário fixo no final do mês. Uma coisa parecida com um lar. E eles me tratavam bem, é verdade. Nem um único grito em sete anos.

Às vezes, porém, os dois brigavam. Discussões sobre o jardim de infância, a futura escola da menina e se era conveniente que a filha brincasse com a menininha dos Gómez, tão porca, o ranho sempre pendurado no nariz. Outras vezes brigavam por dinheiro. Gastos com camisas caras, ternos de grife e sapatos italianos quando o plano era economizar para uma casa de praia com vista para o mar. Eles não gritavam, isso nunca. Uma ou outra batida de porta e reclamações murmuradas entre dentes que só eu podia ouvir.

Depois das brigas, a patroa se metia a arrumar tudo. Organizava seus papéis, suas pastas, dobrava os lençóis já dobrados, tirava as blusas do closet e as ordenava por cor. Se ela não gostasse de alguma coisa, o que fosse, seu rosto ficava vermelho:

Não toque nos meus papéis, Estela.

Você pegou a pasta azul?

Vou te ensinar a dobrar as calcinhas: de um lado, de outro, para baixo, assim.

Você passou o espanador nos jalecos ou quer que eu morra de alergia?

Uma vez tirou todos os sapatos do closet, dezenas de sapatos alinhados no terraço, e os engraxou um a um. Ficaram como novos.

É assim que se engraxa, disse no final, as mãos pretas de cera.

Quando a menina completou dois anos, pareceu apropriado fazê-la socializar. Essa palavra foi usada pelo patrão enquanto terminavam a sobremesa na sala de jantar. Ouvi a conversa enquanto secava os pratos, os fundos para a sopa, os rasos para a comida.

A patroa disse:

Será que ela não é muito pequena?

E o patrão:

E o que você quer? Que ela passe o dia com a Estela?

O patrão disse que aqueles anos eram decisivos. Que as crianças que não iam para o jardim de infância ficavam atrasadas na escola.

Está na idade, disse. A gente tem que pensar no futuro dela.

A patroa assentiu com a cabeça, acho.

Alguns dias depois, explicaram à menina que ela iria para um jardim de infância. Ela andava de um lado para o outro, o patrão e a patroa interrompendo seus passos.

Você vai se comportar, disse o patrão. Você vai ser a garota mais inteligente.

Mostraram-lhe o uniforme azul-claro quadriculado que teria de usar. Um uniforme diferente do meu, não se preocupem, abotoado do início ao fim, com renda branca para enfeitar o pescoço da linda menina deles. Eu mesma bordei o nome no peito: J-U-L-I-A. Iria das oito ao meio-dia, de segunda a sexta, e começaria no mês seguinte. A menina olhou para eles por um segundo, para o pai, para a mãe, e enfiou o polegar na boca. Pensei que começaria a chupar o dedo, mas não foi o que aconteceu. Ela o torceu, examinou a unha e mordeu com cuidado a borda. A patroa deu um tapinha na mão dela.

Não, não faça isso.

O patrão deixou passar. Mais tarde, ele se preocuparia com aquela compulsão, a ansiedade com que a filha meticulosamente levava os dedos à boca. Eles nunca conseguiram controlá-la. As unhas devoradas, as cutículas com sangue, o rigor com que passava de um dedo para o outro, de uma mão para a outra.

Naquela noite eu não consegui dormir, como em tantas outras. Pensava na criança, nas suas unhas, na súbita maturidade daquele gesto, nas suas mãos roliças e preguiçosas, sempre disponíveis para enfiar na boca, para destruí-las com os dentes. Nunca roí as unhas, nem minha mãe. Para isso, imagino, é preciso estar com as mãos desocupadas.

VOCÊS CERTAMENTE DIRÃO:

"Os acontecimentos foram desencadeados pela privação de sono."

Escreverão:

"A insônia lhe provocou confusão, alucinações, breves explosões de ódio."

E concluirão:

"Deixou de distinguir o dia da noite, uma ordem de um favor, a realidade da fantasia."

Não se enganem, não tem motivo: nunca tive fantasias. Há a realidade e a irrealidade, como os mortos e os vivos, o que importa e o que não importa, mas vou falar disso depois.

Naquela noite, fui tomada por uma sede semelhante à que tenho agora. Como se a seca vivesse em mim, no interior da minha garganta. Abri os olhos, virei e olhei a hora no celular: uma e vinte e dois. Ou seja, eram duas e vinte e dois da manhã. Nunca quis mudar aquele relógio para o horário de verão. Só o inverno diz a verdade, dizia minha mãe, quando chovia sem parar do outro lado da janela.

Sentei na cama e estiquei a mão até a mesinha de cabeceira. Deixava água lá todas as noites e tomava gole a gole, hora após hora, até que com o copo vazio despontava o amanhecer. Minha mão, no entanto, seguiu reta pela mesinha. Aquele deslize me apavorou. Minha mão esperava o copo, e o copo não estava lá. Então pensei que eu também talvez não estivesse lá; que se uma mão tentasse me tocar, encontraria um buraco na cama.

O contato dos meus pés contra o piso me trouxe de volta ao meu próprio corpo, mas de qualquer maneira eu não conseguia me livrar do desconforto. Saí descalça, com a garganta dolorida e quente pela sede. Todos na casa deviam estar dormindo, então fui de camisola pegar um copo na cozinha. Deslizei a porta e avancei em direção ao armário. A cozinha também estava escura, mas notei a luz da sala de jantar acesa, a porta entreaberta. Perguntei-me se eu mesma tinha esquecido de fechá-la.

Não sei como não os escutei. Acho que porque eu não esperava ouvir nada, não esperava ver ninguém. Empurrei a porta da sala de jantar e então a vi. A patroa totalmente nua, de costas para mim. Sentada sobre a mesa de jantar, as pernas bem abertas, iluminada pela luz amarelada do abajur de chão. Senti sua respiração compassada, como a de um animal cansado, e vi como suas costas se arqueavam levemente para trás. Um dorso manchado de pintas, um pouco flácido na cintura, com a marca avermelhada de um sutiã muito apertado. De pé diante dela, de olhos fechados, estava o patrão. Ele tinha a calça e a cueca arriadas até os tornozelos, mas a camisa, impecável, continuava abotoada até o pescoço; aquela camisa que eu mesma havia passado bem cedo pela manhã.

Fiquei absolutamente quieta, sem saber o que fazer. Se eu não me mexesse, se eu não respirasse, talvez eles não me vissem. O estático se confunde com a paisagem, minha mãe costumava dizer na frente da coruja de manchas marrons que se mimetizava com a árvore de canela. Permaneci imóvel, com a sede intacta e os olhos fixos naquele homem: sua pele tensa e vermelha, os lábios entreabertos, o cenho franzido e as pálpebras tão apertadas que os olhos pareciam se fundir ao rosto. Arremetia na sua mulher de frente para trás com um certo tédio, de novo e de novo, de novo e de novo aquele rosto cada vez mais desfigurado. A patroa não me viu em nenhum momento, seus olhos apontavam para a parede; mas os do patrão, os daquele homem, de repente se abriram. Ele me viu, tenho certeza, mas isso não o interrompeu. Continuou ali, na sala de jantar, fodendo a esposa.

Sei que não transcreverão essa palavra, que se farão de pudicos, mas é a que melhor descreve o que se passava à minha frente: o marido fodia a mulher entre ausente e furioso, para a frente e para trás, cada vez mais exasperado. E ela parecia uma estátua sentada sobre a mesa, as pernas abertas, o pescoço tenso, as costas prestes a se partir em duas.

Dei um passo para trás, atordoada e sem saber ao certo se estava realmente acordada, se poderia voltar para o quarto ou se morreria de sede naquele lugar, a poucos metros da cozinha onde a torneira pingava uma gota, outra gota, outra, como um escárnio. Quando dei um passo para trás, o chão rangeu, ele parou e me viu. Desta vez não houve nenhuma dúvida. Primeiro meu rosto, mas depois cravou os olhos nos meus pés. E com os olhos fixos nos pés descalços da sua empregada doméstica, nos dez dedos que já formavam uma poça de umidade no chão, começou a se mover desesperadamente, grunhindo e gemendo cada vez mais.

Virei-me sem um copo na mão, sem água para matar a sede, sem saber se quando entrasse no quarto encontraria a outra mulher na cama, aquela que de manhã passaria um pano com lustra-móveis sobre a mesa, o ferro esquentando para passar a camisa, o removedor de manchas para apagar as pintas das costas da patroa. Deslizei a porta, fechei-a e constatei que a escuridão ainda estava lá, tão profunda quanto antes. Logo me enfiei entre os lençóis e tentei dormir. Por uma vez, dormir até o dia seguinte, até o ano seguinte, até a próxima vida.

Do outro lado, os gemidos aumentaram, os dele mais graves e compridos, os dela agudos e entrecortados, e eu senti um calor que não esperava, um calor brusco, repulsivo, subindo dos meus pés. Os mesmos pés onde ele havia cravado seus olhos desconjuntados. Os pés descalços da sua empregada em contato com o piso. O calor subiu pelo peito do meu pé, abriu-se pelas panturrilhas, alargou-se pelas minhas coxas, agora macias e quentes. Mal abri as pernas. O calor ainda estava lá. Fora, os gemidos. Dentro, o silêncio. Deitei-me de bruços, com o rosto esmagado contra o travesseiro e a sede como uma fenda escorrendo goela abaixo até meu ventre. Enfiei os dedos na boca até deixá-los úmidos e mornos. E então, de olhos fechados, com aquela sede que me matava, com a escuridão e a urgência enfiadas dentro de mim, me toquei cada vez mais rápido, cada vez mais forte.

NÃO VI A PATROA NO DIA SEGUINTE. Ela saiu para trabalhar sem se despedir e me ligou por volta das três horas.

Estela, anote, foi o que a patroa disse.

Instruída, trabalhadora, uma empregada discreta.

Tinha de descongelar os peitos de frango e recheá-los com espinafre e amêndoas torradas. Preparar também algumas batatas assadas e um pisco sour bem seco.

Nada como um pisco sour feito em casa, disse ela, como se falasse com outra pessoa.

A patroa queria saber se eu conhecia as medidas. Eu disse que sim, mas ela repetiu mesmo assim. Três vezes me alertou para não pesar a mão no açúcar.

Nada pior do que um pisco sour muito doce, disse ela.

Depois me perguntou se eu podia ir ao supermercado.

Estelita, disse, você pode comprar angostura, limões e ovos orgânicos?

Ela me perguntou como se eu pudesse responder não, patroa, sabe?, eu não vou, estou sem vontade, não dormi depois de vê-la trepar com seu marido na sala de jantar.

Senti que uma coisa endurecia no meu pescoço, como se uma pedra brotasse no lugar mais macio do meu corpo. E eu a vi novamente sobre a mesa, de costas, nua, com as pernas bem abertas, mas no lugar dos seus pés, os meus.

Naquela manhã eu tinha esfregado e encerado, trocado os lençóis e as toalhas, tinha lavado a calçada e em poucas horas chegariam convidados para jantar. Eu gostaria que ela tivesse me avisado antes, só isso. Deixar o encerado para depois, dosar as energias. Mas o que minhas energias importavam? Discreta e complacente, parti para o supermercado.

O calor, lá fora, bateu direto no meu corpo. Um calor seco, hostil, do qual não havia como escapar. Desejei o frio do Sul, o barulho da chuva no telhado, mas fui interrompida nos meus devaneios pelo rapaz que trabalhava no posto de gasolina. Ao me ver, arqueou as sobrancelhas, levantou a mão e exibiu os dentes. Eram pequenos, quadrados, um sorriso de homem bom, diria minha mãe. A cadela ao lado dele também olhou para mim. O pelo opaco, os olhos viscosos, uma vira-lata qualquer.

Oi, ele disse, como se já me conhecesse.

Eu não soube o que fazer, distraída como estava com o passado, e me saiu um gesto desajeitado, similar a uma reverência. Senti o rosto quente e a boca tão seca como agora. Ele pareceu notar e sorriu ainda mais.

Você as coleciona?, perguntou.

Ele estivera me espiando e agora queria saber o que eu procurava no chão. Por que eu abaixava e enfiava um monte de pedras no bolso.

Algo assim, respondi e segui meu caminho.

Já estava a vários metros de distância quando voltei a ouvir sua voz.

A gente se cruza, disse ele, e eu avancei ainda mais rápido.

Eu já tinha esquecido o encontro quando voltei para a casa. Só conseguia pensar no peso daquelas pedras no bolso do uniforme. Ovaladas, perfeitas, não muito grandes nem muito pequenas. Como as que minha mãe pegava na praia e depois jogava no fundo do mar. Escolhia-as com muito cuidado, umas sim, outras não. As planas eram jogadas no mar e davam saltos em direção ao horizonte. As maiores ela guardava e levava para casa. Brancas, cinza, pretas, rajadas. Ainda devem estar lá, no parapeito da sua janela, como se olhassem para o mar. As minhas, por outro lado, chocavam-se entre si: *tac, tac, tac*, lá do fundo do meu bolso. Deixei-as ali e comecei a preparar o jantar. Desenhei um talho na pele do frango com a ponta da faca, e com os dedos separei a cartilagem e a carne. No meio, enfiei cuidadosamente a mistura de espinafre e amêndoas torradas que tinha preparado antes de sair.

Oi?

O que aconteceu?

Parece que ouvi um barulho aí do outro lado. Foi um bocejo que escutei? Eu pareço um livro de receitas? Pois bem, isto era a vida: frango, cartilagem, que as batatas não grudassem na travessa, que a loucura não aderisse ao crânio, que os olhos não saltassem das órbitas. Lavei as batatas e, sem descascá-las, cortei-as em fatias muito finas. Distribuí-as numa travessa de cerâmica, reguei-as com azeite, adicionei alecrim e sal. Exatamente às sete e quarenta da noite eu começaria a assar o frango. Às oito horas eu colocaria as batatas no forno. E tudo estaria pronto às oito e meia. Se os convidados não se atrasassem, poderiam começar a comer às oito e quarenta e cinco, a sobremesa às nove e meia, tomando um licor às dez, a louça lavada às dez e trinta, a cozinha arrumada e eu na cama por volta das onze da noite.

A campainha tocou na hora marcada. A patroa queria saber se o pisco sour estava pronto. Ela me pedira para prepará-lo no último minuto.

Assim a espuma não desaparece, disse ela.

Bem seco, repetiu duas, três vezes.

Tirei o liquidificador da prateleira e adicionei as medidas de pisco, limão, açúcar, gelo, clara de ovo. Obediente, solícita, uma empregada com mão boa. Do outro lado, ouvi os cumprimentos e as perguntas habituais: a idade da menina, o jardim de infância, o tempo, o trabalho. A cada resposta, eu ia tirando as pedras do bolso. Faziam um ruído baixo ao submergir e se acomodavam no fundo do liquidificador cobertas por milhares de bolhas. Pareciam lindas, lá embaixo. Como as rochas de um mar amarelo. Eu poderia tê-las contemplado por muito tempo se não fosse a pressa. Tanta pressa, sempre. Fechei a tampa, apoiei a mão, selecionei a potência máxima e, sem pensar muito, apertei o botão.

Do outro lado da porta, fez-se um silêncio tenso seguido do choro da menina. O estrondo tinha sido bastante ruidoso, como uma explosão, e a despertara. Ouvi o patrão ir ao quarto dela para tranquilizá-la. A patroa falou:

Já volto, vou ver o que aconteceu.

Da quina da mesa escorria um rastro de líquido amarelado. Meu uniforme estava totalmente impregnado de álcool. Mas no chão, aos meus pés, entre o vidro quebrado e o gelo, as pedras ainda estavam intactas, igualmente perfeitas. Peguei-as, sequei-as com um pano e voltei a guardá-las no bolso.

A patroa entrou na cozinha.

O que aconteceu?, disse ela.

Viu o vidro no chão, o pisco sour derramado, o aperitivo irrecuperável. Trapalhona, desatenta, uma empregada com mão pesada. Não chegou a ver as pedras, ou assim acreditei.

Ela logo se acalmou e disse para eu não me preocupar, o aparelho estava velho, já era hora de trocá-lo.

Você está bem, Estela?

Assenti, muda, com aquele peso nos bolsos. A patroa foi até a geladeira, pegou uma garrafa de champanhe e abruptamente se deteve. Vi seus ombros tensos e quase pude ver o rubor transpassar do seu rosto até a nuca. Baixou a vista para o chão. Havia uma pedra úmida e brilhante ao lado do seu pé. Ela a viu e entendeu, claro que entendeu. Agachou devagar e a pegou do chão. Quando se virou, pude ver sua pele vermelha e o tremor irreprimível na sua pálpebra esquerda. Apoiou a pedra no balcão e me encarou. Gostaria de descrever essa expressão, mas não sei se vou conseguir. Vocês decidem qual é a palavra que nasce quando se misturam a surpresa e o desprezo.

O silêncio durou alguns segundos, não muito. Lá fora, seus convidados, um casal de funcionários de alto escalão da empresa, a esperavam. Tinha de se acalmar, voltar, manter a compostura. Com aquela voz aguda, entre dentes, a patroa falou:

Vou te descontar o liquidificador, foi o que disse.

Depois se endireitou, deu umas batidinhas na saia e voltou para os visitantes, gritando:

Alegria, alegria.

IMAGINO QUE A ESSA ALTURA vocês possam estar se perguntando por que eu fiquei. É uma boa pergunta, uma daquelas questões importantes. Você está triste? Você é feliz? Esse tipo de pergunta. Minha resposta é a seguinte: por que vocês ficam nos seus empregos, nos seus minúsculos escritórios, nas fábricas, nas lojas, do outro lado dessa parede?

Nunca deixei de acreditar que sairia daquela casa, mas a rotina é traiçoeira. A repetição dos mesmos ritos, abrir os olhos, fechá-los, mastigar, engolir, escovar o cabelo, escovar os dentes, cada ato é uma tentativa de domesticar o tempo. Um mês, uma semana, a duração e a amplitude de uma vida.

A patroa me descontou o liquidificador, considerou o *impasse* superado, foi isso que ela disse, "Estela, considero o *impasse* superado", e eu, em dado momento entre cozinhar e fazer sua filha dormir, tomei a decisão. Um mês. Em um mês eu voltaria para o campo e ouviria a chuva bater contra as placas de zinco. Melhor lá do que aqui, melhor acompanhada do que sozinha, melhor o frio do que o calor, as goteiras do que a seca. Eu não tinha economizado o suficiente para reformar a casa da minha mãe, para construir um novo cômodo, um novo banheiro para mim, mas o que importava? Conseguiria um emprego na padaria ou colheria algas para os japoneses ou até, se necessário, trabalharia no criadouro de salmão. Aí minha mãe me diria: não, puxa, Lita, isso não, de jeito nenhum, eles pagam atrasado, mal e nunca, eles dão veneno para aqueles pobres bichos e aí você fica doente e estica as canelas, sem nem saber por quê. Pensei nisso por vários dias. Eu tinha que ir, estava decidido.

Minha decisão foi o bastante, acho. Minha determinação foi suficiente para o celular tocar e a realidade se vingar de mim.

Alô, eu disse.

E do outro lado:

Estela.

Era minha prima Sonia. Disse que minha mãe tinha caído. Ela havia subido na macieira, o galho se partira e o osso que unia seu quadril e o joelho também. Grana, foi o que Sonia falou. Ela precisava de grana para levá-la do campo para o consultório, do consultório para o hospital, do hospital para a farmácia. Grana para comprar remédios. Grana para a alimentação. Grana para que ela pudesse faltar ao trabalho para cuidar da minha mãe.

Eu estava na cozinha, só eu. O patrão tinha ido passear com a menina. A patroa estava na academia. O Natal se aproximava e eu tiraria férias. Duas semanas de folga. Eu ia viajar para o Sul. Mesmo que chovesse. Mesmo que estivesse frio. Mesmo que faltasse dinheiro para as compras. Mesmo que houvesse goteiras de chuva pingando no chão. Mesmo que a madeira apodrecesse. Quase podia sentir o toque salgado da brisa do mar. Ver o amarelo furioso das acácias na estrada. Esse foi o momento, acho. O momento em que eu devia ter ido embora.

Que eu devia ter dito a Sonia: eu vou pra casa, estou chegando amanhã.

E à patroa: me demito.

Mas, em vez disso, levantei a vista e passei os olhos pelas paredes, pela fruteira cheia de figos, pelo vapor que brotava suavemente da boca do bule, pela xícara pronta para receber a água recém-fervida. E pude ver minha mãe. Minha mãe enchendo uma caneca com água fervente e mergulhando o dedo indicador e o polegar para remover o saquinho o mais rápido possível e usá-lo em outra xícara de chá. Eu olhava para ela sem entender como era possível que não se queimasse. Os dedos em contato com a água, vermelhos e insensíveis. Ao longo dos anos, entendi. Agora também posso afundar meus dedos na água recém-fervida.

Comecei a depositar dinheiro no dia 30 de cada mês. Quase todo o meu salário ia direto para a conta da minha prima Sonia. E minha mãe, embora estivesse mancando, aos poucos voltou a andar. E a patroa retomou seu trabalho e eu ainda estava presa ao meu. E passaram-se os Natais e os Anos-Novos e a menina ia completando os anos. E eu, nesse meio-tempo, acho que me acostumei. Ou não, talvez essa não seja a melhor palavra. Risquem isso, por favor. O que aconteceu comigo foi outra coisa: aquilo dos dedos na água fervida... É isso, é isso.

ÀS VEZES, À NOITE, eu me perguntava como seriam suas lembranças. Estou falando da menina, de quem mais?, da menina morta que nos mantém encurralados nesta confusão. Sei que não importa mais, mas, às vezes, depois de dar banho nela, secar seus cabelos e pôr seu pijama, depois de arrumar os brinquedos e dar-lhe um beijo de boa-noite, eu me perguntava se ela se lembraria de mim quando eu fosse embora.

Eu, por exemplo, me lembro muito bem da primeira vez que viajei de Chiloé a Santiago. Achei que o ar cheirava a poeira, que fazia muito calor e que a cidade só tinha duas cores: amarelo e marrom. Árvores amarelas, colinas marrons; edifícios amarelos, praças marrons. Naquela época, eu me divertia fazendo jogos assim: as cores principais, as palavras repetidas, o número de animais no campo. Lembro-me também de ter visitado uma colina amarela e marrom e de ter andado de teleférico. A vertigem e o medo apertavam minha garganta como se eu estivesse sozinha lá em cima. A cápsula balançava para a frente e para trás e meu coração saía pela boca. Minha mãe estava ao meu lado segurando minha mão, mas o medo a apagou. Em minha memória estou sozinha, suspensa sob um céu marrom e sobre uma cidade amarela, onde em breve morrerei.

A menina certamente se lembraria de jantar frango com purê, de estar limpa e quente, e de usar a trança embutida. Iria se lembrar, sobretudo, de como aquela trança puxava sua pele na base do pescoço e das mãos que separavam seu cabelo e o cruzavam, fio a fio. Talvez, quem sabe, até se lembrasse das minhas mãos, como eu me lembro das mãos grossas da minha mãe. Minha mãe paralisada numa estrada de terra porque uma matilha de cães selvagens estava se aproximando. Minha mãe agachada naquela trilha, só ela e eu, oferecendo a mão ao focinho de cada um daqueles animais. As costas retas e trêmulas diante daquelas presas afiadas, a cheirada rápida, a dúvida, a lambida suave. Ela me ensinou esse truque, minha mãe. Ofereça a mão inofensiva para demonstrar docilidade. Não, claro que não. A menina não se lembraria de mim, mas talvez, se tivesse vivido, teria se lembrado das minhas mãos.

Dormi com ela, com minha mãe, até os sete anos. A coincidência é curiosa, como se as memórias de infância se acumulassem aos sete anos e depois, *puf*, desaparecessem. Minha mãe trabalhava fora, numa casa em Ancud. Saía do campo de madrugada e voltava às dez da noite. Quando chegava, cheia de olheiras, chamava da porta. Bufava, na verdade. E de bufada em bufada tirava o casaco, a blusa de moletom, as calças salpicadas de lama. Eu fingia que estava dormindo e espiava seu umbigo. Ficava intrigada com aquele umbigo escondido numa dobra de pele. Já de calcinha e sutiã, ela lambuzava um chumaço de algodão com água de lavanda e começava seu ritual. Esfregava-o na testa, nas bochechas, no pescoço, nos braços, nas palmas das mãos; depois, pegava outro chumaço e passava-o pelos sovacos, pelos joelhos, pelos pés e entre os dedos dos pés. Demorava muito para que aqueles algodões percorressem toda a sua pele. Eu olhava para ela da cama e me perguntava qual seria o tamanho da superfície do seu corpo. Se por acaso minha mãe esfregava aqueles algodões num espaço tão grande quanto aquele cômodo. Tão amplo quanto o campo. Tão comprido quanto o mapa do país pendurado na lousa da sala de aula.

Quando finalmente acabava, o cesto de lixo ficava cheio de chumaços de algodão imundos e minha mãe vestia um pijama branco e se enfiava entre os lençóis. Eu a esperava acordada na cama, embora de olhos fechados. Eu queria que ela me contasse alguma coisa sobre seu dia, mas agora entendo porque ela não falava. O que ia me contar? Ela, num instante, adormecia. Toda a minha mãe adormecida, menos as mãos. Seus dedos permaneciam acordados durante toda a noite. Sacudiam-se em breves espasmos, vibravam, golpeavam, como se já não soubessem, não pudessem, parar de trabalhar.

É A IMPACIÊNCIA... ISSO ACONTECE COM VOCÊS? Os dedos das mãos de vocês formigam? As nádegas doem sobre as cadeiras? Estão mordendo as cutículas à espera da ansiada causa da morte? Esta história é longa, meus amigos, vocês devem ter chegado a essa conclusão por conta própria. É anterior a mim, anterior a vocês, muito mais antiga do que minha mãe e sua própria mãe. É uma história que nasce de um cansaço velho e de perguntas que pressupõem demais. Ou já perguntaram a vocês se gostam de seus patrões? Se gostam de seu chefe, supervisor, gerente de recursos humanos? Eu limpava a casa deles, tirava o pó dos móveis, garantia-lhes um prato quente à noite. Isso e o afeto não têm nada a ver.

A faxina era feita às segundas-feiras. O que estou dizendo? Era feita... A faxina era eu que fazia, embora fazer também não seja a melhor palavra. Fazer o almoço. Fazer a cama. Como se eu mesma os tivesse inventado.

A rotina de segunda-feira era esta: abrir bem a janela da sala e começar pelos lustres do teto. Tocá-los suavemente com o espanador e observar a chuva de partículas douradas. É importante começar pelo topo para que a poeira se precipite no chão.

Depois de sacudir as almofadas, tirar o pó das mesinhas, limpar as folhas do fícus. Só no fim: varrer, passar pano, encerar e lustrar. E uma semana depois, começar tudo de novo.

Estou falando das segundas-feiras, será que exagerei? Ouvi um protesto do outro lado? Queriam as ações importantes? As que fazem a história andar? Não pretendo entretê-los. Não tenho vontade de fazer graça. O início é a segunda-feira, na mesa de centro: levantar o cinzeiro, o jarro de porcelana, o livro de arte e o vaso. Limpar cada objeto com o pano e dispô-los provisoriamente sobre o sofá. Nada é deixado na mesa de vidro, exceto a mensagem das coisas. Na superfície translúcida da mesa, o mesmo segredo toda semana: duas esferas de tamanho médio, um quadrado pequeno, um retângulo grande. A poeira murmurava essa mensagem a cada sete dias. Escondido debaixo dos tapetes, atrás das pinturas, esse mesmo segredo que eu tinha de desvendar.

Mas estou me perdendo, sim, como insetos que, quando voam muito baixo, acabam esmagados contra o para-brisa. Acho que os ouvi do outro lado do vidro. Estou falando com vocês, os tomadores de notas, os que vão me julgar no final. Minha voz incomoda vocês, estou errada? Vamos falar disso, da minha voz. Esperavam outra, não é? Uma voz mais mansa e agradecida. Estão gravando minhas palavras? Estão registrando minhas digressões? O que foi agora? A empregada também não pode usar a palavra digressão? Vocês me emprestariam a lista de palavras que são suas e as que são minhas?

Quando saía de casa para fazer as compras, me divertia classificando as bocas: alegres, irritadas, aflitas, neutras. Comissuras para cima e comissuras para baixo. Sempre escondem alguma coisa, as bocas, mesmo que ninguém preste muita atenção nelas. As palavras deixam rastros no seu caminho e desenham sulcos impossíveis de apagar. Olhem para as suas, se vocês não acreditam em mim. Os traços de palavras julgadoras, de frases cruéis e desnecessárias. E agora observem a minha: lábios finos, rosados, absolutamente lisos. A boca de alguém que falou pouco... até este momento, claro.

Mas, voltando à minha voz: uma empregada doméstica deveria usar outras palavras, não é? Uma voz apressada, deselegante, crivada de CHs escorregadios, de SS aspirados. Outra voz para assim distingui-la de todas as outras vozes. Para identificá-la sem que precise vestir o uniforme.

Uma vez a menina disse "tinham chego". Foi há pouco tempo, sabem dessa história? Já que estamos falando das palavras, vou contar a vocês.

Os convidados tinham chego, disse ela enquanto jantavam.

O patrão quase teve um infarto.

Che-ga-do, se diz che-ga-do, Julia, de onde você tirou isso?

O patrão pensou que a menina tinha aprendido a falar assim comigo. Que a empregada, na frente da filha, falava na sua língua inaceitável, no seu dialeto intercalado por palavras incorretas. Só porque uma vez, uma vez, tive o que ele batizou de "deslize".

Eu dava banho na menina. Ela nunca gostou de tomar banho. Era uma luta para conseguir que ela tirasse a roupa e entrasse na banheira. Dessa vez, no entanto, consegui sem esforço. Eu a levantei, seus pés roçaram a água e ela imediatamente sentou. Ela devia ter três ou quatro anos. A água chegava até seu umbigo.

Deite para trás, eu disse. Vamos molhar o cabelinho.

Ela não se mexeu.

Jogue a cabeça para trás, menina, você tem que tomar banho para ir para a escolinha.

O corpo duro, rígido. Entendi que ela não se moveria. Tentei incliná-la, forçá-la, também não consegui.

Abri a torneira de água fria até o máximo e, com o chuveirinho, apontei diretamente para o rosto dela. Assustou-se, fechou os olhos, engasgou, mas não chorou. Não se horrorizem com essa história. Todos nós perdemos a calma. A menina ficou quieta, encharcada, perigosamente perto do meu limite, enquanto eu esfregava seus cabelos e observava a espuma deslizar pelo rosto dela. Seus olhos deviam estar ardendo, ela deve ter se engasgado e engolido sabão, mas também não se mexeu.

Vamos levantar os bracinhos, eu disse.

Mais uma vez, nada.

Levante o braço, repeti.

Nem um só movimento.

Agarrei-a com força pelo pulso e obriguei-a a levantar o braço.

Devo ter dito: você tem que limpar esses sovacos imundos ou seus sovacos estão como os de um porco ou olha só esses sovacos fedorentos. Não faço ideia. Só sei que o patrão me ouviu e, da porta, disse: Não se diz sovaco, Estela. E sim axila. Cuidado com esses deslizes.

Pois bem, a menina, sentada à mesa, na frente do pai e da mãe, disse "os convidados tinham chego" e o patrão imediatamente me chamou à sala de jantar.

Estela, disse assim.

E depois:

Se diz tinham chegado, a expressão correta é tinham chegado.

Tudo isso é importante: a inclinação das comissuras, as bocas tristes ou satisfeitas, as letras que formam uma palavra. A palavra raiva, por exemplo, é composta de apenas cinco letras. Cinco letras, nada mais. No entanto, meu peito ardia.

VOCÊS ANOTARAM MINHA IDADE nos registros? Estela García, quarenta anos, empregada doméstica. Com certeza foi assim que me descreveram e, depois, pelas minhas costas, comentaram a respeito do meu rosto de acabada. O rosto de uma mulher de sessenta anos, de cento e vinte milhões de anos. A pele flácida do pescoço, os primeiros cabelos grisalhos nas têmporas, rugas aqui e ali, o cansaço se acumulando nas pálpebras. Mas o rosto, não se enganem, nunca diz a verdade. Um rosto finge, mente, simula, esconde. Portanto, as marcas dele são as das mentiras mais frequentes, dos sorrisos por educação, das incontáveis horas ruins de sono.

A patroa demorava muito se retocando em frente ao espelho. Passava creme, base, mais creme e uns pós que a deixavam pálida, uma boneca de porcelana. A menina às vezes a olhava do pé da cama e copiava seus gestos: sobrancelhas arqueadas, lábios franzidos, pálpebras entrecerradas. Como se experimentasse, um a um, os rostos que usaria no futuro.

Uma vez, perguntou à mãe por que ela não me emprestava maquiagem.

Pra fazer a Estela parecer branca, disse ela.

Limpa.

Eu, enquanto isso, sacudia os tapetes ou punha o pijama deles embaixo dos travesseiros ou tirava o pó das mesinhas de cabeceira.

Os rostos mentem, vocês compreendem? As mãos não têm alternativa. As mãos lisas da patroa, as unhas com esmalte, brilhantes. Nem uma calosidade, nem uma ruga, apesar de ser alguns anos mais velha que eu. As mãos inquietas da menina, sempre indo em direção à boca, os dentes encontrando as unhas, roendo-as até sangrar. Se vocês não acreditam em mim, confiram. Comparem suas mãos e as minhas, examinem a textura das pontas dos dedos, se há rachaduras nas juntas, queimaduras no dorso.

Certo domingo, fazia pouco tempo que eu trabalhava lá, decidi que dormiria o dia todo. Claro que estava cansada. Claro que me sentia desanimada. Na noite anterior, desliguei o alarme e prometi a mim mesma descansar. Dormir até que meu corpo não conseguisse mais, não aguentasse tanto descanso. Às seis da manhã, abri os olhos. Às sete, estava vestida. Às oito, estava na rua sem saber para onde ir. É engraçado, o corpo; é uma máquina de rotinas.

Outras vezes, na maioria delas, preferia não sair aos domingos. Ficava no quarto dos fundos, deitava de costas na cama e lia revistas, livros, o que eu pudesse encontrar. Outras vezes eu ligava para a minha mãe. Conversávamos por horas, e ela me falava da sua fratura no osso, de como a chuva despertava a dor, da coruja que rondava a casa, pressagiando más notícias. Eu apenas a ouvia de olhos fechados, quieta, muda, e via as imagens tremularem entre o lado dela do mundo e o meu.

Falava muito da infância dela. Eu não tinha pensado nisso até agora. Suponho que meu presente e o dela não mereciam atenção mas, na infância, minha mãe tomava *ulpo** batido com mel e farinha de trigo, acariciava bezerros recém-nascidos e via veados selvagens. Não sei o quanto era verdade. Minha avó enviuvara jovem e minha mãe teve de trabalhar desde criança. Começou como doméstica aos catorze anos e nunca mais parou. Mas nas suas recordações era feliz, comia *maquis*** da estrada e à noite se assustava ao ver sua língua tingida de preto no espelho. Nós duas ríamos das suas histórias, e nossa risada era verdadeira. Também era verdade que, quando ela falava, o campo se alargava à minha volta. Quase podia ouvir o grunhido dos porcos, o barulho das galinhas, o esvoaçar dos corvos-marinhos, as mutucas estatelando-se contra as janelas. Mais longe: os golfinhos pulando na água e as ondas lentas e firmes, criando o mesmo murmúrio do vento nas tramas das árvores. Eu até achava que podia ouvir as nuvens roçando umas nas outras e sentir o cheiro das batatas e tortilhas nas brasas da fogueira.

Não sei por quê, daquela vez, apenas uma vez, eu a interrompi e perguntei sobre meu pai. Era uma pergunta que eu tinha feito anos antes, quando criança. Como você dormiu? Você acordou bem? Uma pergunta sem importância. Acho que ela não esperava. Ficou em silêncio por muito tempo e depois disse:

Pirralha, me diga se alguma vez te faltou alguma coisa.

Não perguntei de novo.

Na ilha, quando pequena, eu passava o dia todo sozinha. Ou não, risquem isso. Havia as vacas, os patos, os cães, as ovelhas. E isso, claro, não pode ser chamado de solidão. Às vezes, eu passava a tarde lendo. Livros velhos e pesados que minha mãe

---

* O *ulpo* é uma tradicional bebida chilena que deriva dos mapuches, feita com farinha de trigo tostada batida com água ou leite e adoçada com mel. Pode ser servida fria ou quente. (Esta e as demais notas são da tradução.)

** Espécie de amora, *blueberry* ou *wineberry*.

trazia do trabalho quando a patroa os doava. A vizinha, além disso, tinha dois filhos da minha idade. Jaime e seu gêmeo, a quem todos também chamavam de Jaime. Assim ninguém erra, dizia minha mãe às gargalhadas. Trabalhavam na balsa, os dois Jaimes, desde os treze anos; dia e noite, noite e dia cruzando de Pargua a Chacao. No verão, furávamos os pneus dos carros dos santiaguinos ou estourávamos os ovos dos patos contra os para-brisas dianteiros. Outras vezes, os Jaimes trucidavam pardais ou mordiam o pescoço um do outro brincando de vampiros. Das mordidas passamos rapidamente para o jogo do beijo. Eu beijava um Jaime, depois o outro Jaime, e os Jaimes também se beijavam, como quem beija um espelho. Enquanto isso, crescíamos, assim como a menina crescia. E minha mãe continuava a trabalhar na mansão de Ancud, de sol a sol, dizia ela, embora amanhecesse só quando ela já estava na estrada.

Saíamos juntas de madrugada, exatamente às seis, ela rumo ao trabalho e eu a caminho da escola. Antes de nos separarmos, ela dizia: "Você está com seu gorro, Lita?" Era assim que minha mãe se despedia antes de pegar o ônibus. Às vezes, eu estava usando o gorro e mesmo assim ela falava: "Não se esqueça do gorro, bezerrinha, faz frio à tarde e as orelhas congelam". Para a minha mãe, todas as doenças eram contraídas pela cabeça, então eu tinha de usar esse gorro e suportar a lã me pinicando. Às vezes, só às vezes, eu não o usava de propósito para que minha mãe me perguntasse: "E o gorro, passarinha?". Então eu corria para casa e punha o gorro, e quando saía minha mãe me dava tapinhas na cabeça. Mas se ela esquecia de perguntar, se não olhava para mim antes de ir para o ponto, eu pensava, apavorada: hoje é um dia terrível, com certeza vou morrer. E esperava que a luz delineasse as copas dos podocarpos, enquanto via a letra de alguma música evaporar ao sair da minha boca.

A menina nunca exalava vapor. Sentava-se à mesa da sua cozinha quente ou do seu quarto sempre quente ou da sua sala de estar quente também e estudava com um copo de leite branco e quente à sua frente. Ninguém jamais lhe perguntaria se ela estava usando o gorro de lã. Eu amava essa pergunta. Como amava essa pergunta! Essa sim é uma pergunta importante.

Quando minha mãe não atendia o telefone, eu ficava quieta na cama. Os pés alinhados em equilíbrio, os joelhos um pouco afastados, as costas em repouso, as mãos nas coxas, a televisão do quarto ligada. Eu me mantinha imóvel, nessa posição, todas as horas que cabem num dia de folga. E de lá, enfim quieta, via passar o início das transmissões, a missa da manhã, os comerciais, o noticiário do meio-dia: descontentamento, dívidas, filas de espera nos hospitais. Do outro lado da porta de vidro, também passavam as silhuetas: o patrão, a patroa, a menina indo e vindo na cozinha. Lá fora os sabiás voavam, um tico-tico bicava os casulos, as folhas dos galhos eram sacudidas pela brisa da primavera. Tudo vibrava, do lado de fora, enquanto o silêncio, dentro de mim, se alargava lentamente.

Acho que se passavam horas de espera, de absoluta inércia. Até que a irrealidade, como uma sombra, se desprendia da realidade. E eu podia ver o ar entrando e saindo lentamente do meu peito e as paredes rachando por algum tremor imperceptível e as asas dos ximangos, lá em cima, vibrando em contato com o vento e o vento se esgueirando entre as tábuas da casa do Sul, e o Sul tornando-se tão palpável quanto o vazio que se destacava no meu corpo. Então, bem longe, eu voltava a contemplar as mãos: o dorso manchado por queimaduras, a pele endurecida nos dedos, as articulações inflamadas. Duas mãos lançadas sobre um corpo que morreria lenta e irremediavelmente de tanta realidade.

Mas não fui trancafiada aqui para falar das minhas mãos. De como me desconcertava o contato dos meus próprios dedos contra minhas pernas. Como me custava entender que aqueles eram *meus* braços, que o ar entrava e saía da armadura dos meus ossos. Tinha de esperar muito tempo para poder me levantar. Só tarde da noite, quando ninguém estava na cozinha e a escuridão passava pela porta de vidro translúcido, eu erguia as costas, sentava-me na cama e apoiava os pés descalços nas lajotas. O frio subia pelas minhas solas e eu entendia, enfim, que aquele frio era *eu* que sentia, e que a realidade ainda estava lá, pronta para atacar a qualquer momento.

IMPLORO PARA QUE NÃO SE EXASPEREM. A vida tende a ser assim: um pingo, um pingo, um pingo, um pingo e depois nos perguntamos, perplexos, como é que estamos encharcados.

Avisei desde o início que essa história tem vários começos: minha chegada, minha mãe, meu silêncio, a Yany, e lavar a louça e passar camisas e encher a geladeira de compras. Mas todo começo, inevitavelmente, leva ao mesmo fim. Como os fios das teias de aranha, todos eles se conectam no centro.

No dia 23 de dezembro, à noite, deixei o peru mergulhado em água morna. A patroa comprava todo ano um peru de sete ou oito quilos, mesmo que só os três ceassem. E como não cabia na pia, eu tinha de usar a banheira para descongelá-lo. A menina entrou no banheiro, viu o peru e perguntou se poderia tomar banho com ele. Todos rimos: o patrão, a patroa, a menina.

No dia 24, de manhã, eu o tirei da banheira. E enquanto o recheava com ameixas e nozes banhadas em mel e pimenta, a patroa se aproximou da cozinha e, como se estivesse passando por acaso, comentou:

Estela, pus um lugar pra você na mesa.

Às vezes, as perguntas lhe saíam assim, encobertas. Queria saber se eu jantaria com eles na véspera de Natal. Todos os anos ela se sentiria obrigada a me fazer essa pergunta só porque eu, daquela vez, quando minha mãe quebrou a perna, dei de ombros, e isso me rendeu um lugar ao lado deles na sala de jantar.

Vesti uma saia cinza, uma blusa preta e passei um batom cor-de-rosa nos lábios. Fiz tudo com um peso, como se cada gesto me custasse, enquanto repetia a mim mesma: é só uma noite, é um jantar qualquer, Estela, é pela perna da sua mãe.

Quando entrei na sala de jantar e a menina me viu arrumada e maquiada, apontou para mim e disse:

A babá tem roupa.

Dessa vez ninguém riu, fingimos não ouvi-la.

À ponta sentou-se o patrão, à sua direita, a menina, depois a patroa e depois eu, perto o suficiente da porta que dava para a cozinha.

O patrão disse:

Estela, você bebe vinho.

Essa também era uma pergunta. Bebi vinho. Servi-me de um pedaço de peru e de batatas *duchesse*. Com os talheres de prata, usados apenas em ocasiões especiais, cortei um pequeno pedaço, coloquei-o em cima de um pedacinho de ameixa e enfiei na boca. Mastiguei e engoli, mas não consegui saborear o peru. Tentei de novo: carne, cebola, ameixa, noz. De novo à boca. Uma vez mais, não consegui sentir o sabor. Sentia separadamente a manteiga, a pimenta, o xerez, o óleo, o mel, a gordura gelatinosa; cada ingrediente que eu tinha usado a um abismo de distância do outro. Porque as partes e o todo não têm nada a ver um com o outro. Porque não era um jantar qualquer. Não era uma noite como as outras. Era a realidade, de novo, a realidade e seus espinhos.

Fui a única que não conseguiu terminar o prato. Os outros ficaram vazios e descansando sobre a mesa. Demorei para entender, quanto demorei... mas finalmente tirei os pratos e servi a sobremesa para três.

O QUE A PATROA FALOU PARA VOCÊS? Ela falou de mim? Certamente declarou sob juramento que sua empregada tinha um bom caráter, que era pontual, humilde, agradecida, silenciosa, que parecia ser uma boa mulher. E quando lhe perguntaram sobre si mesma, ela disse: "Mara López, advogada", como se essas três palavras fossem uma verdadeira definição. Vou lhes dar uma definição, escrevam o seguinte:

Comia meia toranja no café da manhã e um ovo poché sem sal.

Tomava um café quando acordava e às oito já tinha saído.

Voltava às seis da tarde e comia um biscoito de arroz.

Jantava rúcula e sementes, chicória e sementes, espinafre e sementes, repolho e sementes.

Depois, às escondidas, comia um pão com queijo e tomava uma taça de vinho branco com um punhado de comprimidos.

Perguntem a ela sobre as pílulas. Eu só as via semana após semana na lata de lixo: Escitalopram, Rivotril, Zolpidem e, uma vez por mês, a cartela de anticoncepcionais vazia. Mas quem não toma comprimidos? Até para a minha mãe, uma vez, receitaram umas pilulazinhas. Ela foi ao médico porque seu peito doía, dizia que tinha um buraco no meio do peito e que às vezes, à noite, não conseguia respirar até o fim. O médico a auscultou, ela tossiu e ele lhe fez um monte de perguntas estranhas: se ela era feliz ou infeliz, se tinha dívidas, pressões, se estava estressada, se tanto frio a deixava triste. Saiu com uma receita de calmantes e seu buraco só aumentou.

Era uma boa mulher, a patroa. Já lhes disse. Ela me tratava bem, nunca gritava e fez tudo o que precisava fazer para se transformar nela mesma: estudar, se formar, se casar, ter uma filha. E trabalhava duro, sem dúvida. Voltava cansada e dizia:

Estou morta, Estela.

Como se o cansaço fosse a maior prova do seu sucesso.

E ela amava a filha, claro que amava. Ela a adorava como um objeto bonito e frágil, que podia se quebrar.

Cuidado com o sol, Julita.

Passe protetor solar nas orelhas.

Beba água, vamos, você pode ficar desidratada.

Quando começou a recusar comida, a patroa não sabia o que fazer. Olhava para o prato intacto, para a sua Julia, de novo para o prato. Mas se eu lhe servisse um sorvete ou comprasse um doce com o troco, a reprimenda era interminável.

O que eu te falei, Estela? Açúcar não, de maneira alguma. É viciante, você sabia? A Julia se entope de doces e depois não quer mais comer.

Outras vezes, a menina a impedia de trabalhar. Ela engatinhava para baixo da mesa da mãe, cruzava os braços e as pernas e não havia quem a tirasse de lá. A patroa se desesperava.

Estela, cuide disso, ela me dizia na cozinha.

Eu ia até a mesa e a menina me olhava cheia de ódio, mesmo que esse ódio não fosse dirigido a mim. Ela balançava para a frente e para trás, roendo obsessivamente as unhas. Chegavam a sangrar, eu já disse isso? Mais de uma vez seus dedos sangraram, as unhas rodeadas por uma crosta vermelha que ela olhava perplexa, como se não lhe pertencesse.

Só uma vez consegui tirá-la de lá, com uma promessa. Falei: Menina, se você sair, eu te faço uma trança embutida.

A menina olhou para mim, ficou pensando.

Quero que minha mãe faça pra mim, foi o que ela disse.

Prometi e ela saiu, entre desconfiada e feliz. Fui até o quarto da patroa e lhe expliquei a situação. Não sei se houve fúria no seu olhar, ou talvez tristeza, quem sabe.

Não sei fazer, disse. Faça você mesma, estou ocupada.

O choro só terminou quando a menina adormeceu.

À noite, depois do jantar, a patroa desabava no sofá para ler e-mails não respondidos, falava até tarde no celular, dava instruções de todo tipo: rescisões, contratações, compra e venda de terrenos. É verdade que trabalhava muito. Fazia de tudo por esse trabalho. Semear densamente, aproveitar a terra, regar pouco, podar a tempo. Vocês sabiam que é preciso pegar os pinheiros e puxá-los pela cabeça? Era o que minha mãe dizia. Eles não têm culpa, os pobres pinheiros, são arrancados pelos cabelos e gritam, como esses pinheiros gritam. Eles os amontoam no chão para que se afoguem, para que cresçam fracos e desamparados. Depois são descascados, mergulhados em ácido, cozidos, triturados, vendidos desfigurados. Os rios que os irrigam ficam amaldiçoados, era o que dizia minha mãe, mas agora sim me desviei, como se os galhos ainda existissem.

Às vezes, eu a observava comer. Servia-se de um monte de alface e devorava-o de pé na cozinha, com o rosto virado para a tela da televisão: protestos estudantis em todo o país, assaltos violentos em condomínios privados, milhões de peixes prateados encalhados na costa sul. Ela ficava preocupada com as agressões e a violência dos delinquentes. Então dizia, angustiada:

Não abra pra ninguém, Estela, não abra a porta por nenhum motivo. Estão roubando. Estão queimando. Estão saqueando em todos os lugares.

Eu, por outro lado, estava preocupada com minha mãe, então se as notícias mencionassem as costas do Sul eu prestava atenção: ela poderia aparecer com suas botas de borracha, com um novo jeito manco de andar, com seu buraco no peito, colhendo algas castanhas para acompanhar as batatas cozidas. Enquanto isso, a patroa enfiava cada folha na boca sem sujar o canto dos lábios. Impecável, sob controle. Ela seria uma velhinha elegante um dia. Robusta, usando um tailleur e um único anel no dedo anelar. Uma mulher sóbria, essa é a palavra. Uma mulher sóbria com seu diamante solitário na mão direita. Uma pedra que seria herdada pela sua filha, aquela menina excepcional que se tornaria uma garota excepcional, depois uma mulher excepcional e, enfim, minha chefe.

OS FILHOS SEMPRE ESCOLHEM com qual dos pais querem parecer. Pensem no seu pai, na sua mãe, na longínqua decisão que um dia vocês tomaram.

E por mais que a patroa negasse, aquela menina ria como o pai, falava como o pai, até me olhava como ele. Aos sete anos, já era cheia de vontades.

Lembro-me do seu terceiro aniversário. Eles comemoraram no terraço, ao redor de uma mesa com um grande bolo de merengue no meio. Os convidados eram o irmão do patrão, sua esposa e dois colegas da patroa. Não havia outras crianças, sabiam? Raramente havia outras crianças naquela casa.

A patroa foi me buscar na cozinha e me disse para ir cantar os parabéns também. Eu não lembrava que cantar estava na descrição do trabalho. É brincadeira, calma. Uma daquelas piadas que servem para dizer a verdade.

Ficamos em volta da menina, exceto o patrão, que estava filmando. Ele mostrará a gravação a vocês. No vídeo não se vê os convidados, apenas o bolo e a menina. Ouve-se a música, cantamos. Eu também canto no vídeo. É possível distinguir o timbre mais grave da minha voz. Naquela noite, quando a ouvi reproduzida várias vezes durante o jantar, pensei: Estela, essa é sua voz. E me pareceu impossível.

A menina estava completando três anos naquele dia, eu já lhes disse isso? E com apenas três anos e o rosto muito sério, pousa o olhar em cada um dos nossos rostos. Vejam por si mesmos. A expressão daquela menina que de repente parece ter oitenta anos. Aquela menina que nunca envelheceria porque seu rosto, o da sua infância, já continha todos os seus rostos futuros. Às vezes, acho que foi por isso que morreu. Ficou sem gestos para o futuro. Mas é um pensamento absurdo. Risquem isso, por favor.

Quando completou sete anos, seu pai decidiu ensiná-la a nadar. Esse é um acontecimento importante. Outro começo da história que leva direto ao fim. Ele mandou limpar a piscina para treinar pessoalmente sua filhinha linda. Para que em hipótese alguma ela morresse afogada.

Desde muito novinha, odiava água. Já lhes disse que ela chorava alto toda vez que chegava a hora de tomar banho. Quando recém-nascida, eu a pegava nos braços, calculava com o cotovelo a temperatura e cantarolava para distraí-la. Inútil. Assim que aproximava os pezinhos da água, abria um berreiro desconsolado. Quando cresceu, aprendi a negociar: uma hora de desenho animado, duas horas de videogame. Aí eu conseguia que ela tirasse a roupa, mas a careta de horror só desaparecia quando ela ficava seca novamente.

Eu estava na cozinha preparando o almoço. Cortava em rodelas um tomate ou deixava de molho as lentilhas, quem sabe. Lá fora, ouvi o chapinhar da água e olhei pela janela da sala de jantar. O patrão tinha mergulhado e gritava para a menina que não fosse covarde. A patroa os observava de uma espreguiçadeira, vestida e usando um chapéu de palha. E a menina se debatia entre um e outro, sem saber o que fazer.

Aproximou-se da beira da água. O sol havia aquecido as pedrinhas da beirada, e a menina levantava e baixava os pés avermelhados pelo calor. Avançou até as escadas, pegou o corrimão e começou a descer os degraus. O corpo desaparecia a cada passo, e ela tremia, como tremia. Devia estar fazendo uns trinta graus, e a menina tremia como uma vara verde. A patroa gritava da cadeira. Deixe-a em paz, coitadinha, mas vocês já conhecem o temperamento do patrão.

Quando ela havia entrado na água até a cintura, ele a pegou nos braços e a carregou até o fundo. A menina gritou e passou as mãos no pescoço dele, mas logo ficou muda. Eles iam e voltavam pela água, pulando, sorrindo. Eu os espiava, lá de dentro, tal como vocês me observam, vigiava o pai e a filha, a felicidade deles envolvendo-os como um globo de vidro.

Depois de um tempo, o patrão conseguiu segurar a filha pela barriga e fazê-la flutuar de bruços. Aprendia rápido, a menina. Aprendia tudo com urgência. Vi que ganhava confiança, começava a chutar mais forte, a cabeça emergindo da superfície, o corpo nas mãos do pai. O patrão sorria e gritava:

Vamos, vamos, vamos.

A menina se movia com destreza, movia as pernas com mais confiança. A patroa sentou-se e tirou o chapéu. O patrão ficava gritando:

Isso, isso.

De repente, calou-se. No instante em que soltou a menina e se afastou dela, calou-se e ergueu os olhos na direção da esposa. Aquele olhar de satisfação. Como eu odiava aquele olhar.

A patroa se assustou e conseguiu dar dois passos em direção à piscina. Até eu fiquei alarmada e saí para o jardim. A menina afundava pesadamente, batendo os braços a esmo, desesperada. O patrão estava ao seu lado, a apenas um metro da filha. A patroa gritou, e não sei se eu gritei também. Não demorou muito.

A menina, movida sabe-se lá por quais forças, pôs a cabeça para fora da água. Seu corpo havia entendido. Chegou à borda com o próprio impulso, ajudou-se com os braços, puxou o tronco e virou-se. Ambos se olharam por um segundo, pai e filha, triunfantes.

Na manhã seguinte àquela aula, eu estava varrendo o corredor quando ouvi o mergulho. E esta foi minha reação: correr para o jardim. Aí está a resposta para as suas suspeitas. A empregada correu desesperada, com um só pensamento na cabeça: a menina, encorajada pela aula da manhã anterior, estava se afogando. Sufocada pela água, unhas azuis, exausta pelas braçadas inúteis, semimorta. Saí e fiquei paralisada. Na parte mais profunda, a cabeça da menina estava para fora, suas duas mãos seguravam a beirada. Diante dela, do lado de fora, o patrão. E na boca do patrão, uma palavra:

Mergulhe.

A cabeça afundou na água. Milhares de bolhas abriram passagem enquanto o cabelo preto ondulava debaixo d'água. Segundos depois, a exalação.

Mais uma vez, disse o patrão. E acrescentou:

Quero ver você sair da água sem ajuda, sem usar as escadas.

A menina, dessa vez, afundou muito mais e, ao desaparecer na parte mais profunda, tomou impulso e tentou sair. Não conseguiu. Não tinha usado todas as suas forças.

Mais uma vez, disse ele.

Não sei quantas vezes ela tentou, mas no limite das suas forças a menina conseguiu sair da água. Ficou na borda da piscina, de bruços, agitada. A pele eriçada pelo frio. A tosse sacudindo-lhe as costas.

Muito bem, disse ele. Agora levante.

A menina levantou.

Não se assuste, disse ele.

Não entendi o que ele quis dizer. Não havia motivo para se assustar. Já estava do lado de fora, a menina. A salvo, na beirada.

Mantenha a calma, acrescentou o patrão, embora eu ache que ele nem pronunciou a palavra calma. No meio da frase, ele a empurrou.

A menina caiu de costas na água. O golpe soou alto e oco. O patrão não se moveu. Os dois se pareciam tanto, a filha e o pai. Cara de um, focinho do outro. Ele esfregava as mãos. Fazia isso quando discutia com a patroa, quando a menina se recusava a comer ou errava alguma palavra. E agora ele as esfregava porque sua filha estava demorando muito. Desta vez, ela não conseguira encher os pulmões de ar. O corpo inerte caía cada vez mais fundo e lá do fundo, de baixo, a menina parecia responder "não se assuste", "fique calma", "vou contar até três". Era uma prova de força.

O patrão agachou-se à beira da água, e eu saí para o jardim. O corpo continuava descendo. Ele esteve a ponto de se atirar para salvar a filha. Sua filhinha linda. Sua miniatura. Não foi necessário. A menina rearranjou os braços, as pernas, encontrou o fundo com as pontas dos dedos dos pés e tomou impulso. Quando veio à tona, respirou, subiu até a borda e ficou de pé na beirada. Tossiu, como tossiu. Seus olhos estavam vermelhos, mas ela sorria satisfeita. E estava prestes a cair na gargalhada quando o patrão a empurrou uma última vez.

ACHO QUE DEMOREI DEMAIS, abusei do tempo de vocês. Querem que eu lhes fale da morte, imagino que é por isso que estou aqui. Tudo bem, vamos lá, registrem isto nos seus papéis: a morte pode esperar. É a única coisa que pode realmente esperar nessa vida. Antes devem entender a realidade, como se ampliou semana após semana; como tomou conta das minhas horas, de cada um dos meus dias, até que eu já não consegui, já não soube como sair dali.

Resolveram dar uma festa; estou falando do último Ano-Novo, o ano em que a menina morreria. Uma celebração com máscaras e champanhe e música a todo volume. Trinta convidados, disse o patrão. Trinta e dois, se eles fossem contados. Trinta e três com a menina. Acho que eu era o número trinta e quatro.

A patroa aproximou-se da porta translúcida uma semana antes da festa e, sem entrar, sem olhar para mim, começou a somar e subtrair. Só ela discutia questões de dinheiro comigo. Embora discutir não seja a melhor palavra:

Depositei seu salário, Estela.

Aqui está o dinheiro pra feira.

Deixe o troco na mesinha de cabeceira.

Paguei seu décimo-terceiro.

Já disse que eram bons comigo. Generosos, transparentes. E confiavam em mim.

A patroa disse aquela palavra: precisavam de alguém de confiança. Leal. Apresentável. Uma empregada excepcional. Eu deveria viajar para o Sul, mas também não viajei naquele ano. Acho que não fui por orgulho, para não dar razão à minha mãe. Para não admitir que sim, o Sul era o preferido. Com suas goteiras. Com suas geadas. Com seus vizinhos fofoqueiros bisbilhotando pelas janelas. Menina chucra, minha mãe disse quando anunciei que iria procurar emprego em Santiago. E nisso ela também tinha razão.

Lembro-me de que o patrão entrou na cozinha para procurar sabe-se lá o quê. Ele ouviu a esposa e também quis comentar sobre o Ano-Novo.

É uma noite comum, disse ele, mas você vai ganhar três vezes mais.

E depois, rindo:

Até eu consideraria.

Até ele cogitava trabalhar de empregada no Ano-Novo, foi o que ele disse, e soltou uma gargalhada vazia.

Os convidados começaram a chegar por volta das nove da noite. Colegas, parentes, gente que eu nunca tinha visto. Tocavam a campainha e entravam arrumados, cheirosos. Breves gritinhos de excitação. Perguntas a que ninguém respondia. A menina era a única de mau humor, embora isso não a descreva de verdade. Fazia dias que mal comia, mal dormia. Ela estava incomodada com o barulho, irritada com as pessoas e com medo das máscaras. A verdade é que já estava assim havia algum tempo. Digo "assim", mas vou encontrar a palavra exata.

Eu não a expulsei quando ela entrou na cozinha nem a repreendi quando quis ir para o quarto dos fundos. Eu nunca a deixava entrar, mas desde que ela assistisse à TV sem perturbar, naquela noite não havia nenhum problema. Ela me olhou perplexa quando entrou no quarto, sentou na beirada da cama, ligou a TV e as horas passaram como de costume. Celebrações da meia-noite em Pequim, em Moscou, em Paris, fogos de artifício em Londres e Madri iam aparecendo nos jornais. Eu ouvia a televisão intercalada com o tilintar das taças. O novo ano estava chegando para todos; seria impossível pará-lo.

Com uma frequência exasperante, como se dissesse uma palavra de cada vez, a patroa surgia na cozinha, a cabeça aparecendo na porta, e dizia com a voz cada vez mais pastosa:

Vamos servir os canapés, Estela.

Vamos pôr o champanhe pra gelar.

Vamos lavar as taças de vinho.

Vamos tirar os pratos da mesa.

Isso significava que eu tinha que servir os canapés, gelar o champanhe, lavar as taças de vinho e pegar os pratos sem derrubá-los, sem ser desastrada.

O tempo passou. Uma hora, uma semana, toda uma vida. Tive de preparar lentilhas para que tivessem abundância de dinheiro e lavar cachos de uvas para a boa sorte deles. No Sul, o Ano-Novo era totalmente diferente. Eu ia com os Jaimes, a Sonia e minha mãe à orla da praia e víamos à meia-noite os fogos disparados dos barcos, os pescadores implorando com aquela luz um ano de cardumes de merluza, de ouriços sem proibição, de mar sem maré vermelha. Acho que eu estava assim, pensando no Sul, quando fui surpreendida pela contagem. Espiei a sala de jantar. A menina correu e abraçou as pernas dos pais.

Dez, nove.

Gritavam ao som do rádio, a todo volume.

Oito, sete.

Eles se abraçavam, juntavam-se aos pares, aos trios, e davam as mãos.

Seis, cinco.

O patrão, a patroa e a menina juntos, sorrindo.

Três.

Dois.

Um.

Mais um ano acabou, pensei.

Eles se abraçaram e se beijaram. Desejaram-se sucesso, amor, dinheiro, saúde. Invocaram trabalho e abundância. Deram palmadinhas nas costas e nas bochechas uns dos outros. Emocionaram-se, eu os vi. Da soleira da porta da cozinha, eu olhava para eles e, sem querer, sem poder evitar, sorria. Sorria porque as pessoas são assim. Sorrimos e bocejamos quando os outros sorriem e bocejam.

Terminados os cumprimentos, seguiu-se aquela pausa em que ninguém sabe o que fazer. Porque absolutamente nada tinha mudado. Foi mais um minuto, mais uma hora, a passagem impiedosa da vida. A patroa, naquele momento, levantou a cabeça e me viu. Ela se aproximou feliz, passou um braço em volta dos meus ombros e com a outra mão me entregou uma taça cheia de champanhe.

Minha Estelita, feliz Ano-Novo, disse ela, e me deu um beijo no rosto.

O patrão veio em seguida.

Tenha um bom ano, Estela.

E depois, um a um, todos os convidados.

Estelita, que seja um grande ano.

Que todos os seus desejos se realizem.

Cuidado com o champanhe, pra não te subir à cabeça.

Alegria e amor.

Saúde e dinheiro.

Dinheiro e boa sorte.

Trinta e duas vezes recebi esses cumprimentos. Trinta e duas vezes não falei nada. A patroa não saiu do meu lado. Sem tirar o braço de mim, sorrindo para o público, a patroa me exibia. E sorria com um sorriso que não era dirigido aos outros, mas a ela, a si mesma.

Não sei o que aconteceu a seguir. Imagino que eles voltaram para a festa e eu para a cozinha. Lembro-me de ter entrado no quarto dos fundos e verificar que lá dentro já eram meia-noite e dez do novo ano.

A festa deve ter acabado às quatro ou cinco da manhã. E quando já amanhecia, depois de ter varrido e passado pano, limpado e arrumado, desmaiei na cama. Do outro lado do vidro translúcido, além da cozinha, o sol espreitava atrás dos objetos, delineando seus contornos.

Fechei os olhos. Um zumbido agudo e intermitente soava nos meus ouvidos. Minhas têmporas latejavam. A dor de cabeça estava despontando. Por um instante, hesitei. Assim como eu tinha hesitado no primeiro dia, quando cheguei àquela casa, aquela dúvida de novo. Eu não sabia se aquela noite tinha realmente acontecido; se tudo aquilo era verdade. Sentei-me à beirada da cama e cravei os olhos na luz que fluía através do vidro translúcido. Então tive uma ideia muito estranha, porém mais real que ter lavado e secado cada um dos garfos da casa, mais real até que o toque dos meus dedos contra o tecido do uniforme. Achava que eu, ou seja, aquela mulher sentada na cama, vivia apenas temporariamente. Foi o que pensei. Como num filme que mais cedo ou mais tarde acabaria, e eu teria à minha frente, imensa e luminosa, a verdadeira realidade.

DEIXEM-ME ADIVINHAR o que a patroa lhes disse sobre a menina. Delicada e tímida, linda, o quanto a amava. Doce, inteligente, uma garota perfeita. Um pouco manhosa, brilhante, certamente excepcional.

Ela me incomodava pouco, em geral. Muitas vezes passava a tarde enfiada no quarto, sentada no tapete, cercada por suas dezenas de brinquedos. Às vezes, eu tinha a impressão de que brincava como se fosse uma obrigação, como se pressentisse a decepção da mãe com aquela menina taciturna e solitária. Por que alguém tão triste teria vindo ao mundo?, pensava eu. Eu tinha de rodear seu silêncio cuidadosamente se quisesse interrompê-la. E quando o fazia, ela levantava a cabeça e olhava para mim com espanto, como se tivesse esquecido quem ela era ou quem eu era.

Uma tarde, ela conseguiu voltar da escola mais cedo, vocês sabem dessa história? A professora ligou para o telefone fixo, disse que a menina estava passando mal e que seria mandada para casa imediatamente. Era quinta-feira, lembro-me bem porque ela tinha atividades extracurriculares: dança, francês, karatê, perdi a conta. Desceu da van escolar apertando a barriga, o contorno das pálpebras avermelhado, os olhos afundados no rosto. Por um segundo, pensei que ela estava realmente doente, então me agachei e coloquei a mão na testa dela. Os olhos brilhavam, mas a pele parecia quente e seca. Ela esperou a gente entrar e começou a correr. Tinha brigado com uma coleguinha ou ficado entediada, quem sabe. Fazia o que fosse preciso para conseguir o que queria. Idêntica ao patrão, já lhes disse, e nesse dia celebrava sua vitória correndo e gritando pela casa.

Eu a ignorei enquanto terminava de passar a pilha de roupa branca. Lençóis, toalhas, blusas, cuecas. Quando descobriu que a cesta estava vazia, convenceu-me a sair para o jardim. Estava inquieta, naquela tarde. Quis que eu lhe fizesse um penteado. Deu cambalhotas. Jogou bola. Pulou corda. A impaciência fazia cócegas nos seus pés. No fim, teve uma ideia. Eu tinha que deitar no chão, fechar os olhos e esperar.

Eu disse que não, de jeito nenhum. Meu uniforme ia ficar sujo, não tinha tempo para bobagens. Tinha que temperar o peixe, fritar o alho para o arroz, deixar um casaco de molho, passar pano na casa e limpar o quarto dela. Mas a menina, como sempre, teimou:

Um pouquinho, vai, o que te custa, babá?

Deitei-me de costas na terra, sob o céu abobadado da figueira. Eu nunca tinha estado lá, era uma perspectiva nova: o reverso de uma árvore que eu achava que conhecia tão bem. Os galhos chiavam carregados de frutos negros e inchados, e as folhas vibravam numa brisa quase imperceptível. A menina tirou os sapatos, ajoelhou ao meu lado e enterrou o queixo no peito. Depois entrelaçou os dedos na altura do umbigo. Aparentemente, a brincadeira consistia em fingir um funeral. Ela murmurava frases e balançava de frente para trás. E acima, sobre sua cabeça, os galhos da figueira também balançavam. Espiei-a por muito tempo sem saber qual era meu papel, até que de repente, como se acordasse, ela abriu os olhos e ergueu as costas. Sorria para mim, zombeteira; tivera uma ideia.

Observei seu nariz pontudo, seu pescoço longo e frágil, a linha pronunciada da sua mandíbula. Tinha emagrecido, pensei. E tanta fragilidade me lembrou a morte. Os olhos, no entanto, ainda estavam vivos. Olhos escuros e grandes que me examinavam com atenção.

Acho que ela me manteve ali por pelo menos uma hora. O céu ficou cada vez mais preto e meu olhar se dirigiu lá para cima, entre os figos pretos e as folhas pretas e uma sensação desconhecida de calma. Então senti as mãos da menina. Mãos pequenas que percorriam rigorosamente meu rosto. Minha testa. Minhas pálpebras. A ponta do meu nariz. Lembro-me de me perguntar naquele momento se eu era feliz. Uma felicidade serena e sufocante. As mãos se detiveram no contorno dos meus lábios. Não, eu não era feliz.

Em tom grave, a menina disse:

Abre a boca, babá. E fecha os olhos.

Eu, sabe-se lá por quê, obedeci. Senti meus olhos afundarem na parte de trás da testa. E abri a boca como se um figo fosse pousar na minha língua. A menina, naquele momento, fez um movimento brusco e eu senti como minha boca, minha boca inteira, se enchia de um grande punhado de terra.

A menina saiu correndo pelo jardim, gargalhando. Levantei-me, voltei para a casa e me tranquei no banheiro do quarto dos fundos. Enxaguei a boca muitas vezes; gosto de barro, de terra. Eu não estava com raiva, se é isso que vocês querem me perguntar. Minha perturbação foi muito maior. Acho até que senti um pouco de medo.

Quando a água da boca clareou, troquei o uniforme, sacudi a terra do cabelo e voltei a prendê-lo num coque. Do lado de fora, naquele momento, ouvi o grito.

A menina estava mancando, mas não se atrevia a entrar na casa. Seus pais estavam para chegar. Ela temia que eu a acusasse, que dissesse ao pai que ele tinha uma filha mentirosa, que havia fingido se sentir mal para voltar cedo para casa. Chamei-a da janela e perguntei o que tinha acontecido. Ela não respondeu. Saí e a peguei pelas axilas, como se ela ainda fosse uma criancinha. Quanto ela tinha crescido!

Com um esforço enorme a levantei, voltei para a cozinha e a sentei no balcão. Ela estava descalça e notei seu dedinho completamente deformado. Ela reclamava, grunhia. Uma queixa que não era de dor. A menina estava furiosa, vermelha de ódio.

Peguei gelo e quando me aproximei vi que ela havia sido picada por uma abelha, e que o ferrão ainda estava pendurado na pele estirada e vermelha. Ela rangia os dentes. Só essa queixa afogada. Arranquei o ferrão com as unhas, apoiei-o na palma da mão e mostrei-o a ela. A menina ainda estava tomada pela raiva, inatingível. Esfreguei o gelo com a outra mão para anestesiar a dor. Entre sopro e sopro, eu disse:

A abelha está morta.

Consegui captar a atenção dela. Agora olhava para mim, curiosa, primeiro para mim, depois para o ferrão. Disse-lhe que, ao cravar nela seu veneno, aquele belo e nobre inseto, com a cabeça preta como uma joia e o tronco envolto num casaco de pele, aquele animalzinho havia dilacerado seu próprio corpo. Tinha aberto um corte na própria barriga e depois morrera enterrando aquela espada no dedo dela.

Seus olhos grandes e profundos, como brilhavam! Mostrei-lhe o ferrão e disse:

Estes são os restos mortais, menina. A espada e os restos.

Eu disse a ela que picá-la tinha sido um castigo. Um castigo para si mesma. E esse tipo de castigo era chamado de sacrifício.

A menina engoliu em seco. Olhou para o ferrão e eu soube exatamente o que ela estava pensando. Ela havia crescido, é verdade, era inteligente e estranha, mas eu achava que não se atreveria.

Beijei-lhe a testa e a ajudei a levantar. Ela olhava para o dedo do pé como se algum mistério estivesse escondido ali. Agachei-me à sua frente e, avançando, disse:

Me ouça, menina. Isso não é como um favor. Os sacrifícios não se devolvem.

Ela sorriu, mas eu sabia que já não me ouvia.

A DOR NAS COSTAS começou naquela mesma madrugada. Por levantar aquela menina não tão criança, por me esquecer do meu próprio corpo. O patrão, com sua voz de médico, me receitou alguns analgésicos. Três vezes por dia, disse, e os deixou sobre a mesa da cozinha. Tomei um, dois, mas ainda havia aquele latejar estrangulando minha cintura, agarrando minhas pernas.

Quando eles saíram para o trabalho e a menina para a escola, entrei no quarto da patroa. Ela guardava todos os tipos de pílulas na gaveta da mesa de cabeceira: relaxantes musculares, Lexapro, Rivotril, Zopiclona. Peguei vários e guardei no bolso. Durante horas fiquei bem, a dor ficou controlável, mas à medida que a noite se aproximava, depois de pôr a carne no forno, senti um estirão no pescoço que desceu até a sola do pé. Peguei dois comprimidos aleatoriamente, um azul-claro e outro branco, e os tomei.

Enquanto lavava a tábua de madeira, alguns grãos de areia se assentaram sob minhas pálpebras. Molhei o rosto com água fria e, sem secá-lo, esperei. Uma gota d'água pingava no fundo da pia, o vento sacudia suavemente as folhas da figueira, o fogo, azul, cozinhava a carne. A dor havia desaparecido. Toquei minhas costas e não senti nada, nem a dor nem minhas mãos. Era como estar num sonho. Ou não, não exatamente. Como se estivesse morta, sabe? Era o que dona Mara López, advogada, de quarenta e seis anos, devia fazer todas as noites: morrer.

Deitei-me na cama e pensei que nada me separava dos objetos: dos lençóis, da lâmpada, da mancha de umidade que gargalhava na parede. No Sul, quando eu não conseguia dormir, o quarto também ficava todo borrado. A escuridão, lá fora, penetrava pela janela e o campo devorava a casa com a gente lá dentro. A indiferença do campo sempre me aliviava. Que, à noite, já não existíssemos. Que a noite existisse sem nós. O mesmo acontecia com as coisas: a cama, a porta, a mesinha de cabeceira, o teto. As coisas, muito antes de mim. As coisas sobreviveriam a mim. Com aquele pensamento na cabeça, fechei os olhos e adormeci.

A espera pelo jantar levava a menina à loucura. Não sei exatamente quando começou. Aos três, aos quatro, uma aversão total à comida. Começava a gritar, jogar seus brinquedos, chutar as paredes. Não era fome, decerto, vencer a fome nunca lhe foi difícil. Já sentada em frente ao prato, ela remexia enojada os pedaços de frango, brincava com os grãos de milho, separava as ervilhas uma a uma com total tranquilidade. A espera, por outro lado, a deixava louca, e eu, naquela tarde, não prestei atenção nela. Não disse para ela se acalmar. Não falei para ir procurar tatus-bolinha no jardim.

Talvez por isso ela tenha entrado no quarto onde eu dormia. Talvez tenha batido na porta, uma senhorita de verdade, e tenha falado:

Babá, tem fumaça.

Babá, tem um cheiro ruim.

Quem sabe quanto tempo ela ficou ali, parada ao lado da minha cama. Não ouvi sua voz. Só a dor me chamou de volta à realidade. A menina estava me batendo com todas as forças, e uma pontada atroz subia da minha nádega até meu ombro. Sua mão fechada, dura, atingia um ponto exato nas costas, logo abaixo da cintura.

Babá.

Babá.

Babá.

Babá.

Eu podia ter dado um tapa nela, dado um soco, podia tê-la sacudido enquanto soltava um grito ríspido. Não fiz isso, não se assustem. Virei-me com muito cuidado para não travar as costas e disse-lhe, num sussurro, que iríamos comer mais tarde, que eu não conseguia me levantar.

Ela me olhou furiosa e me bateu ainda mais forte.

Eu lhe disse que teria de esperar porque a dor dava pontadas na minha cintura.

Nada, apenas mais golpes.

Expliquei que era uma dor terrível, como quando a abelha a picou no pé.

A menina não reagiu. Por fim, segurei sua mão, apertei-a com força e disse:

Filha da puta, sua pentelha de merda, sai já daqui.

Eu detestava ter de dar explicações a uma menina malcriada.

Ainda grogue pelo efeito das pílulas, um pouco dispersa entre as coisas, um pouco em mim mesma, voltei para a cozinha. Estava cheia de fumaça. Cheirava a carne queimada. Tirei a assadeira do forno e vi que a comida parecia um carvão. Resgatei apenas um pedaço, piquei em pedacinhos e pus seu prato de carne e arroz na mesa da cozinha. A menina costumava comer ali nas noites de semana. Mais tarde, os patrões jantavam na sala de jantar. Eu comia sozinha no fim do dia, depois de lavar toda a louça.

A televisão, como sempre, estava ligada. Uma mulher muito velha apontava o dedo para o descampado. Seus animais haviam morrido: cabras, cavalos. Dizia que o fluxo, a montante, havia sido desviado. Está tudo seco, disse. Não há vida assim, disse. A menina, à mesa, umedeceu os lábios e bebeu água. Era isso que ela fazia antes de comer e depois dizia: Estou cheia, não estou com fome, babá.

Ela se acomodou na minha frente com os pés apoiados na cadeira e os joelhos dobrados na altura do rosto. Apenas seus olhos espiavam por entre eles. A negociação estava para começar.

Duas colheres de arroz, menina, para crescer você tem que comer, para pensar você tem que comer, para viver você tem que comer.

Desta vez, porém, ela não se mexeu. Seus braços envolviam as pernas e seus dedos estavam entrelaçados. Peguei o garfo para alimentá-la como se ainda fosse uma criancinha, quando de repente ela levantou. Afastou o prato, empurrou-o para o centro da mesa e saiu da cozinha. Eu não a detive. Se ela quisesse morrer de fome, problema dela.

A menina fechou a porta e eu a ouvi movendo uma cadeira na sala de jantar. Ouvi seu corpo se acomodar e um pigarro idêntico ao que sua mãe soltava antes de comer. A dor despertou. Subiu aos meus ouvidos e os preencheu. Então ouvi seu sibilar da sala de jantar:

Estela, traga-me a comida.

Foi a primeira vez que a menina pronunciou meu nome. O S lento e o T como um martelo. Es-te-la. Do jeito que a patroa me chamava, como o patrão se referia a mim. Não sei por que me doeu tanto ouvir meu nome sair da boca dela. O que mais eu esperava? Afinal, era meu nome.

Levantei, e um nervo nas minhas costas endureceu. Eu não conseguia me esticar completamente, tinha de andar toda curvada. Peguei seu prato e vi que minha mão tremia. Vou me corrigir, não foi bem assim. Os detalhes são fundamentais. Meu corpo inteiro tremia. A menina tinha se sentado no seu lugar na sala de jantar e esperava a refeição com o pescoço duro, rígida, idêntica à patroa. Aproximei-me pela direita e descansei o prato na frente dela. E assim ela comeu. Na sala de jantar da sua casa. Servida por aquela mulher que a qualquer momento morreria de dor.

Agora vamos descansar, por favor. Minhas costas doem nessa cadeira. Ponham um ponto nas suas atas e por hoje me deixem dormir.

HÁ COISAS QUE NÃO PODEM SER APRENDIDAS. Elas simplesmente acontecem. Respirar. Engolir. Tossir. Acontecem sem que possamos evitá-las.

Às quatro da tarde, todo dia, a menina tomava seu lanche. Não às quatro e meia ou às cinco; às quatro em ponto eu deveria tirar um prato da prateleira, uma faca da gaveta, a manteiga e a geleia da geladeira e dar a ela sua torrada e um copo de leite. Às vezes comia metade, às vezes nada mais do que uma mordida que permanecia na sua boca por longos minutos e depois era cuspida no prato. O leite sim ela tomava. Um copo de leite branco e morno. Eu depois lavava, juntava as migalhas e guardava a manteiga e a geleia na geladeira.

Ela gostava de fazer a lição de casa em frente à tábua de passar. Os lábios fechados, o pescoço ereto, jamais os cotovelos sobre a mesa. A comida à boca e não a boca à comida. Eu a via abrir o caderno, tirar uma mecha de cabelo do meio da testa e endireitar as costas. A menina, então, olhava para a frente e repetia. Memorizava as novas palavras com os olhos perdidos em algum canto. E ali, no canto da cozinha, a babá passava: vertigem, vertigem, vertigem, vertigem.

Uma tarde, quando terminou a lição de caligrafia e a de matemática, disse-me que queria passar roupa. Eu disse que não e continuei passando sua calça de pijama. Eu não estava irritada, se é isso que estão se perguntando. Aquilo da terra na boca tinha passado, assim como os socos nas costas e a raiva; se possível, você tem que deixar passar, era o que minha mãe dizia quando Sonia roubava dinheiro da sua carteira ou quando o dono do armazém se recusava a vender fiado. A menina, diante da minha resposta, começou a gritar. Passar roupa, era isso que a menina da casa queria.

Expliquei que o ferro estava quente e o vapor queimava a pele.

Você mal alcança a tábua, eu disse a ela, pegando uma blusa da pilha.

Ela levantou, abandonou os cadernos e começou a correr pela cozinha. A impaciência, mais uma vez, fazia seu corpo formigar. Ia de um lado para o outro com os braços abertos, pondo abaixo tudo que cruzava seu caminho: seus cadernos, a fruteira, o monte de roupas recém-passadas.

Numa dessas voltas, sua mão ficou enroscada no fio do ferro. Foi curioso o que aconteceu. A tábua oscilou e achei que a cozinha também oscilava para evitar o acidente. Não foi suficiente, diga-se de passagem. A realidade prevaleceu com seus espinhos. O ferro começou a cair sobre o braço nu da menina.

Eu falei lá no início. Espirrar. Pestanejar. Tossir. Engolir. Há comportamentos que não são aprendidos. O ferro se precipitou para aquele braço, mas a palma da minha mão o interceptou. *Tsssst*. O som foi idêntico ao do alho fritando na panela. Depois, silêncio. Em algum momento, entre os gritos da menina e minha queimadura, eu tinha saído dali. Eu estava fora da realidade, fora da cozinha, e lá de longe observava o ferro gravar sua marca na palma da mão daquela mulher.

A queimadura levou várias semanas para cicatrizar. A pele passou de vermelho para um rosa pálido e depois para um branco liso e suave. Aqui está, olhem. Eu diria para que a tocassem se não estivessem tão confortáveis aí do seu lado da parede. São curiosas, as cicatrizes. Já pensaram nisso? São, certamente, a parte mais macia da pele. Talvez seja isso que somos ao nascer, nunca tinha pensado sob este ângulo: uma cicatriz enorme que antecipa as que virão.

VOCÊS DEVEM ESTAR IRRITADOS. Sua posição não deve ser fácil. Horas e horas ouvindo histórias que não esclarecem o fim. Certamente dirão, pelas minhas costas, que tento despistá-los, ganhar tempo com um punhado de historietas irrelevantes. Histórias do patrão, da patroa, da menina antes da morte dela. Enganam-se, se pensam assim. Não tenho tempo a ganhar, não tenho tempo a perder. O que vou lhes dizer faz tanto sentido quanto o vapor da água, quanto a força da gravidade; como fazem sentido as causas e suas inevitáveis consequências.

Não me lembro se lhes falei da figueira no quintal, dos seus ramos podados no outono e das suas grandes folhas no verão. Em agosto, quando o vento se entretinha com seus galhos, um cheiro doce chegava até mim; o cheiro do futuro daquela árvore. E em fevereiro, quando os galhos estavam carregados de frutas pretas, mais de uma vez sentia o aroma pesado e quente da sua podridão. Todos os tempos numa árvore; uma árvore em todos os tempos.

Eu estava no quarto dos fundos, não de todo adormecida nem acordada, quando ouvi um tamborilar no jardim. Está chovendo, pensei. Não me lembrava da última vez que havia chovido em

Santiago. Finalmente estava chovendo, sim. O solo absorveria as gotas, os leitos dos rios seriam preenchidos, os córregos desceriam pelas trilhas ressecadas da cordilheira. Lembro-me de estar deitada na cama, embalada por aquele barulho incessante, sabendo que as roupas estavam lá fora, que eu teria de lavá-las outra vez, pendurá-las novamente de manhã para não me atrasar no trabalho diário. Nada disso importava para mim. Eu não queria levantar. Os pingos se acentuaram. O ar inchou de umidade. O jardim ficaria cheio de caracóis. Os lírios floresceriam. O musgo cresceria em torno das raízes da ameixeira. Fechei os olhos e suspirei. O som ficou ainda mais alto. Não sabia que a chuva podia servir de consolo.

Amanheceu depois de um tempo e, com a fúria habitual, o sol saiu. Levantei e olhei ansiosa pela janela da lavanderia para ver o jardim brilhante e limpo, as gotas suspensas sobre as folhas.

Do lado de fora, as roupas tremulavam numa brisa suave e seca. O terraço não estava molhado, a grama ainda estava igualmente seca. Não chovera, e mesmo assim eu tinha ouvido as gotas, eu havia sido embalada pelo murmúrio da água. Só então notei a sombra negra ao redor do tronco da figueira.

Voltei a pensar que devia ser a chuva, a escuridão da chuva, mas imediatamente entendi. Todos os figos haviam caído de repente no chão. Senti um calafrio. Uma doçura sinistra na boca. Minha mãe já havia me avisado que a terra estava secando por dentro, que os sinais eram claros, que o campo não mentia. Quando eu era criança, chovia e chovia sem parar. Norte claro, Sul escuro, aguaceiro seguro, dizia minha mãe. Mas a chuva havia se tornado escassa. O pântano tinha rachado. Algumas árvores morreram. A seca, tinha dito, era a única coisa da qual se falava. A seca está chegando, Lita, temos que estar preparadas.

No meio desse pensamento, a voz da patroa me assustou:

Você viu, Estela?

Claro que eu tinha visto. A figueira logo morreria porque se desprendera de seu futuro.

A patroa mandou que eu limpasse o chão. Caso contrário, segundo ela, o açúcar ficaria grudado no terraço. Então saí com um balde, peguei os figos estourados, esfreguei as frutas boas e limpei, claro, limpei até que não houvesse vestígios da morte.

A árvore não voltou a vicejar, tinha encontrado sua causa. Depois de alguns meses a cortaram, alguns homens levaram um saco de lenha, mas deixaram a base nivelada com o chão. A menina contou os anéis do toco muitas vezes. Cinquenta. Cinquenta e dois. Seus números nunca coincidiram, mas isso não era importante. Não importa morrer aos quarenta, aos sessenta ou aos sete. A vida sempre tem começo, meio e fim. Pode ser a seca. Uma peste. Uma gripe. Uma pedrada. A morte, mais cedo ou mais tarde, bate à porta. A primeira vez é uma advertência, um susto, um alarme falso. E a figueira era o aviso da morte para aquela família. Mas aí vem três vezes, era o que minha mãe dizia: quando morre um, Lita, mais dois sempre morrem.

VOCÊS SABEM QUE NÃO É FÁCIL matar um animal. Eu disse matar, isso mesmo, essa palavra incriminadora. Com certeza já assassinaram algum animal por medo ou necessidade. Uma mosca, por exemplo. Uma mosca que zumbe nos seus ouvidos, que vai de um ouvido ao outro, deixando-os loucos nessa sala onde vocês se enclausuram todos os dias. Ou uma aranha aterrorizante e potencialmente mortal. Ou talvez uma abelha, uma mutuca, um mosquito, um peixe.

Os filhos do vizinho, há pouco tempo, mataram um gato de rua. Encurralaram-no, apedrejaram-no e arrastaram-no pelo rabo até a rua. Eu estava rastelando as folhas do jardim da frente quando vi como eles o abandonaram no asfalto e se esconderam, todos juntos, atrás de uma enorme corticeira em flor. Não entendi o que eles esperavam, o gato já estava morto, até que ouvi um carro se aproximando. Freou em cima, sabiam? Tentou parar, mas não conseguiu e os pneus esmagaram o animal.

Pareceu-me que o sangue e as flores se irmanavam. O motorista saiu e segurou a cabeça com as mãos. As crianças, escondidas, seguraram as gargalhadas, exceto um, o mais novo, que não riu. Viu o animal morto no chão. Viu o carro esmagar o cadáver. Viu o homem segurando a cabeça. Viu o vermelho das flores, do sangue. Na sua tenra idade, aquele menino compreendeu o sofrimento. E eu, que rastelava as folhas alaranjadas, que as juntava na esperança de que o vento não me forçasse a recomeçar, pensei: é assim que se forma uma memória. Só aquele menino se lembraria do episódio do gato morto e saberia para sempre do que ele era capaz. E a menina, por sua vez, entenderia o custo do seu silêncio. Sentada no jardim da frente, fingindo brincar com suas bonecas, ela acompanhara clandestinamente as pedradas, os miados, o atropelamento, as gargalhadas. Já entendia a morte, a menina, mesmo que vocês achem difícil de acreditar.

Às quartas-feiras, ela voltava mais cedo da escola. Suas aulas terminavam à uma da tarde, e às duas começava a luta para que almoçasse.

Há crianças que morrem de fome, dizia eu.

Crianças sem pão, sem almoço, você tem que ser muito mimada para...

Depois de um tempo, a patroa ligava para saber quanto a filha havia comido.

Ela estava magra, emaciada, no percentil de risco, disse o patrão ao voltar de uma consulta ao pediatra. Mas não havia como convencê-la a comer algo de substância. Leite, sim. Às vezes cereais, algumas uvas, pão de jeito nenhum.

Às três em ponto, todas as quartas-feiras, a campainha tocava. Sem falta, sem atraso, a professora particular me pedia uma xícara de chá e sentava ao lado da menina na mesa de jantar. Ela havia acabado de completar seis anos quando as aulas começaram. E aos seis anos, endireitava as costas e adiantava-se a toda a velocidade. Ela já sabia subtrair, somar, diferenciar números pares e ímpares. Eu a ouvia repetir: dois, quatro, seis, oito, dez. Um, três, cinco, sete. Netuno, Vênus, Terra, Marte.

Quando completou três anos, fez um exame numa escola particular. Eles contaram sobre esse episódio? Passaram meses discutindo qual seria o lugar apropriado para a filha. Por fim, escolheram um colégio inglês, com aulas de música e arte, caso a menina tivesse veia artística. Ambos a levaram para fazer a prova; o pai, a mãe e no meio a menina pálida, com as unhas roídas. Na metade do exame de admissão, o psicólogo saiu da sala e pediu para falar com os responsáveis. A menina, sua linda menina, depois de emparelhar cubos com cubos, recitar as cores e contar de trás para a frente, avançara para cima da coleguinha com quem dividia a carteira. Ela a mordera no braço. Havia sangue e hematomas. Gritos desconsolados. A menina tinha entendido muito bem as instruções dos pais: para ser a primeira, é sempre necessário que os outros sejam deixados para trás. O psicólogo recomendava terapia. Uma escola menor, segundo ele, mas no fim, porque os pais tinham um contato, a deixaram entrar de qualquer maneira.

A professora particular, no início da aula, tentava enganá-la. Perguntava se ela não queria desenhar com aquarelas ou contar o que tinha feito no fim de semana, brincar de amarelinha na calçada ou assistir à televisão. Fazia isso para o seu bem. Para detê-la um pouco, para que não ficasse tão sozinha lá em cima. A menina, no entanto, sempre queria mais. Assim, teria uma medalha para exibir todas as noites na frente do pai:

Olhe o que eu aprendi, papai, olhe pra mim, olhe pra mim: vetusto, saciedade, protozoário, paralelepípedo.

A própria professora aconselhou os pais a suspenderem as aulas particulares. Aconteceu há pouco tempo, pergunte ao patrão. Ela telefonou e informou que a menina estava muito adiantada. Não precisava de reforço. Notava que ela estava estressada, infeliz, seria contraproducente tanta insistência. Eles concordaram com relutância.

Está bem, disse o patrão.

Então fez uma pausa, hesitou e, antes de desligar, disse:

Vamos retomar em março.

Corrigiu-se imediatamente.

Melhor na última semana de fevereiro, assim aquecemos os motores.

Na primeira quarta-feira sem aulas particulares, a menina estava diferente... Feliz, talvez. Esqueceu-se até da birra habitual e devorou seu prato de macarrão com legumes. Mas às três horas me assustei com o som da campainha. Digo que me assustei, mas a menina me olhou angustiada. Ninguém tinha me dito que haveria visitas, eram exatamente três horas. Não podia ser a professora. Eu mesma havia escutado a ligação do pai, as aulas adiadas. Falei para a menina esperar no quintal e peguei o interfone.

Alô, eu disse.

E do outro lado:

O piano.

Isso mesmo, não estou exagerando. A patroa e o patrão tinham comprado nada menos do que um piano. Achei estranho que não tivessem me contado, então liguei para a patroa.

Tudo bem, pode abrir pra eles, foi o que ela disse.

Ele foi instalado por dois homens diante do olhar atônito da menina. Um terceiro, alto e magro, com cabelos longos e óculos grossos, passou mais de uma hora deslizando os dedos sobre as teclas pretas e brancas. Quando ficou satisfeito, perguntou se alguém queria experimentar. Ele disse "alguém", mas essa palavra não me incluía.

Na quinta-feira, enquanto aspirava os tapetes e limpava as persianas, o telefone tocou. Era a enfermeira da escola. Estava ligando para falar com o responsável pela criança.

Eles não estão, eu disse, gostaria de deixar algum recado?

Ela me avisou que era urgente, já tinha tentado o celular, alguém deveria ir à escola o mais rápido possível e levar a menina ao hospital. "Alguém", disse, e desta vez era eu.

Tirei o uniforme, escovei os cabelos, vesti calça e camiseta e peguei o ônibus. A escola ficava a mais de meia hora de casa e, quando cheguei, achei que tinha errado de endereço. Havia seguranças de vigia em frente ao portão e uma recepção com um enorme detector de metais. Tive que deixar meu RG ali. E ainda deve estar lá, se precisarem. Os gritos da menina me fizeram esquecê-lo na saída. Ouvi aqueles gritos da recepção e corri em direção a ela.

O dedo indicador da sua mão esquerda estava machucado e a ponta se dobrava numa direção completamente impossível. Senti tonturas e um calor inesperado. Senti meu próprio dedo deformado e minha boca cheia de um líquido amargo. Acho que a enfermeira percebeu que eu estava prestes a desmaiar e por isso esclareceu que não era uma fratura grave. Falou longamente sobre as possíveis causas da lesão. Ninguém soube explicar o que tinha acontecido. Ocorrera no meio da aula de matemática. A menina estava sentada nos fundos, sozinha, quando começou a gritar.

Pareceu-me inútil que ela me desse uma explicação tão detalhada; eu não precisava disso. A menina tinha quebrado o dedo e não havia sido um acidente. Ela mesma o fraturou. A mão direita havia quebrado o dedo da mão esquerda.

Ela parou de gritar assim que saímos da enfermaria.

Ou você para de gritar ou eu te entrego, eu disse.

Então confirmei o que tinha acontecido. Pegamos um ônibus e a levei ao hospital. Levei-a para lá, para o hospital, e não para a clínica do patrão, sabendo que ele e a patroa iriam dar um chilique. Como é que eu tive a ideia de enfiá-la num ônibus com o dedo quebrado, se não havia dinheiro em casa para possíveis emergências, que tipo de imprudência foi essa, ultrajante, imperdoável.

Foram três horas para atendê-la. Três horas em que a menina permaneceu muda, examinando a mão direita. Era para lá que ela olhava, estão me entendendo? Para a mão boa. A mão capaz de aniquilar qualquer outra parte do seu corpo.

O médico disse que levaria até três semanas para cicatrizar e pôs um gesso que imobilizou seu pulso e o dedo roxo. Vi o alívio da menina e admito que também suspirei. Três semanas sem piano. Três semanas em que ela talvez pudesse ser feliz.

Não havia terminado a primeira quinzena quando o patrão, certa noite, me chamou à sala de jantar. Eles estavam comendo torta de batata e pensei que ele não tinha gostado. Às vezes ele não gostava da comida e eu precisava fazer um bife, mas a comida estava boa e o que ele precisava era de uma tesoura.

A grande, do jardim, ele disse, e esperou que eu voltasse.

Ele instruiu a menina a apoiar o braço sobre a mesa e, do cotovelo aos dedos, cortou o gesso ao meio. Da mão recém-descoberta saiu um cheiro avinagrado, mas seu dedo estava bom. Reto, desinchado.

Traga um algodão com álcool, disse ele.

Essa ordem era para mim. A ordem para a menina era mover os dedos um por um. Que tocasse o polegar no dedo mínimo. Que formasse um punho cerrado. A menina obedeceu. Estava à beira das lágrimas.

Bom, disse o patrão.

Bom, bom, repetiu.

Em seguida, ele disse que tudo o que ela precisava fazer era fortalecer os músculos. Recuperar-se o mais rápido possível, e olhou para o canto. O piano, felizmente, seria o exercício ideal.

NUMA DESSAS TARDES, uma tarde qualquer, saí para fazer as compras.

Amêndoas

Chia

Abacate

Salmão

Paguei, guardei o troco e, quando saí, a Yany estava do lado de fora. Agora vou contar sobre a Yany, mesmo que ela não fosse chamada de Yany na época. Sentada nas patas traseiras, varrendo o chão com seu rabo desgrenhado, ela esperava do lado de fora do supermercado. Eu já a tinha visto várias vezes perto do rapaz do posto de gasolina, ela chegou a me seguir uma tarde até a porta de casa. Ficou feliz quando me viu. Tive de recuar para impedir que ela pulasse em cima de mim. Dei umas afugentadas, esquivei-me dela e comecei meu caminho de volta, mas ela me seguiu até a porta e depois foi embora sem fazer barulho.

Eu a vi da janela da cozinha algumas tardes depois. Já falei sobre essa janela? É bastante chamativa. Começa na altura do pescoço e termina na borda do teto. Da rua não é possível ver o interior: por que expor a empregada lavando, passando, contemplando ensimesmada a tela da TV? De dentro, no entanto, a empregada pode ver o jardim da frente e, assim, vigiar o portão da entrada. E a Yany estava lá, farejando as flores-de-cardeal que tinham brotado recentemente. Procurava uma maneira de entrar, enfiava a cabeça entre as grades. Por fim, escolheu um canto que margeava a casa do vizinho, verificou se passava pela cerca, tomou impulso e entrou.

Fiquei surpresa que ela pudesse deslizar tão facilmente entre os ferros, mas aquele animal era pura pele e ossos. Percorreu cabisbaixa o gramado da frente, farejando o chão a cada passo, como se procurasse um traço do meu cheiro, um jeito de se orientar. Talvez por isso ela não tenha ido à porta da frente. Colou o corpo na parede da casa e a rodeou até encontrar a passagem que ligava o jardim da frente à lavanderia.

Assim que me viu na cozinha, acenou com o rabo, feliz. É verdade que eu não a detive, esse foi meu erro. Minha mãe me disse naquela mesma noite:

Não pode, Lita, animais de estimação não, nem pense nisso.

Eu, claro, não a escutei. Lembro-me bem que, da primeira vez, havia algo irreal na sua presença, como se a cadela só pudesse existir no posto de gasolina, deitada aos pés do rapaz de macacão, mas não ali, na minha frente. Não se atreveu a entrar na cozinha e sentou no meio da lavanderia.

Perdoem-me a interrupção, mas gostaria de esclarecer um ponto. Sempre gostei de animais. Andorinhas, canários, lobos-marinhos. Urubus-ruivos, tapaculos, leopardos. Mas os domésticos, foi o que minha mãe falou, animais de estimação jamais. Ter que alimentá-los, dar de beber a eles, dar-lhes banho, tirar-lhes as pulgas e depois recolher os pelos, o cocô, seus vestígios espalhados nos sofás. Tudo para se apegar e no fim morrerem na sua própria casa. Ou pior, Lita: matá-los porque estão velhos, porque fazem xixi em todo lugar, porque se tornaram um incômodo.

Olhei para a cadela por muito tempo. Tinha a cabeça grande demais para o resto do corpo, o pelo marrom-claro longo, com manchas de sarna aqui e ali e grenhas pegajosas e cheias de barro que pendiam do seu peito. Acho que é verdade que no mundo existem dois tipos de animais: os que suplicam e os que não suplicam, minha mãe costumava dizer. E aquela vira-lata, sem pedir nada, sem sucumbir à fome ou à sede, refez seus passos até sair pela mesma fenda pela qual entrara.

Eu não a vi de novo por vários dias, mas por sorte ela voltou. Eu estava arrumando a sacola de sacos plásticos, a menina estava na escola, os patrões nos seus empregos, quando ouvi aquele som. A Yany avançava raspando as costelas contra a parede da casa. Chegou novamente à porta que separava a lavanderia da cozinha e dessa vez sentou-se sob o batente.

Olhei para ela por muito tempo antes de me aproximar. Por que havia me seguido? Por que me olhava com aqueles olhos, o que queria me dizer? Só depois de um tempo, falei com ela:

Você vai se comportar, cadela de merda. Você não vai enlamear minha cozinha.

Ela parecia ouvir, ou assim eu queria acreditar. Inclinou a cabeça de um lado para o outro, como se estivesse imaginando quando aquela humana ousaria se aproximar. Finalmente, tomei coragem. Ajoelhei-me no chão bem perto, talvez muito perto, e ofereci-lhe a mão para farejar. Era o gesto da minha mãe, aquela breve rendição. A cachorra recuou.

Boba, eu disse. Não vou bater em você, sua desconfiada.

A Yany pareceu avaliar suas opções, tomou coragem e cheirou meus dedos. Mais animada, passou a língua áspera pela palma da minha mão. Senti cócegas e a tirei.

Nojenta, eu disse, mas isso selou nosso acordo.

Agachada ao seu lado, examinei a pelagem do seu lombo e verifiquei as almofadas de cada uma das suas patas. Quase pretas, endurecidas pelo cimento e pelo calor. Tinha uma mancha de sarna rosa dentro da sua orelha direita, algumas pulgas aqui e ali, e um carrapato que arranquei fazendo uma pinça com as unhas. Em nenhum momento ela reclamou. Deixou-se tocar e inspecionar pelas minhas mãos, essas mesmas mãos. E quando percebeu que o ritual tinha acabado, ficou quieta, regozijada, e se sacudiu como um torvelinho.

Decidi dar-lhe água e um pedaço de pão, mas primeiro queria curar a sarna dela. Voltei com um chumaço de algodão da patroa, um pouco de Povidona do armário de remédios e um pedaço de pão no bolso. Lambuzei suas orelhas e a acariciei. Se ela fosse passar tempo comigo, seria necessário adestrá-la. Que aprendesse a ficar de boca fechada, que fosse embora quando necessário. E o mais importante, que controlasse sua fome. Porque a fome é a pior fraqueza.

Assim que enfiei a mão no bolso, o corpo da Yany endureceu.

Quieta, sussurrei, enquanto tirava o pão do bolso.

Não coma, ordenei, apontando o alimento no chão, bem entre ela e eu.

Não, não, não, eu disse enquanto lentamente me afastava.

Eu a ameacei com o dedo e a voz grave. Falei para ela quatro, cinco vezes que não saísse do lugar. Não resistiu nem um segundo. Assim que fiquei longe o suficiente, ela se atirou no pão e o engoliu sem nem sequer mastigá-lo.

Pareceu-me que a cachorra se contorcia de dor. Notei as costelas evidentes na pelagem, a barriga afundada e machucada.

Não é assim que se come, adverti.

Cadela idiota e desobediente.

Tem que comer devagar, eu disse.

A comida tem que ser apreciada.

Não sei se ela me entendeu. Acho que não. Bebeu a água em poucas lambidas e, quando não sobrava nem uma migalha no chão ou uma gota na tigela, levantou a cabeça. Foi um olhar selvagem. Queria mais. Exigia muito mais que aquilo que eu tinha lhe oferecido.

Sentou sobre as quatro patas e me mostrou dentes sujos e afiados. Cachorra de merda. Ingrata. Mas o que aconteceu a seguir foi muito pior. Deu um rosnado, seguido de um latido estrondoso. Eu disse que não.

Não, cadela de merda.

Ela latiu outra vez. E outra. E outra. Os vizinhos iam ouvi-la. Iam perguntar à patroa qual era o nome do novo bichinho. E os patrões, aliás, podem chegar a qualquer momento. Ela precisava aprender a calar a boca. Saber ficar em silêncio.

Não, eu disse e levantei a mão.

Shhhh, repeti. Vão te pegar, cachorra de merda. Cale a boca se quiser mais comida.

Mas a Yany, que naquele momento não se chamava Yany, e sim cachorra de merda, cadela pentelha, se chamava estorvo, mau presságio, como sempre deveria ter sido chamada, a Yany, minha cadela linda, rosnava fora de si.

Minha mão direita se fechou num punho.

Pela última vez, eu disse, cale a boca, sua vira-lata de merda.

Mas ela não sabia, não podia calar sua fome de animal selvagem.

Ela intuiu o golpe quando meu punho estava se aproximando. E deixou os olhos abertos ao receber a estacada na cabeça. Bati com todas as minhas forças. Com todas as minhas forças, bati naquela parede de tijolos. A Yany soltou o último latido e finalmente se calou.

Ajoelhei-me ao lado dela, com dor. Minha mão direita ainda estava fechada, mas agora meu punho, meu braço, meu corpo inteiro tremia. Ela poderia ter se vingado naquele momento. Afundado suas presas no meu pescoço. Não sei o que pensei quando bati nela. O que eu pensava toda vez que a deixava entrar e lhe dava comida. Toda vez que eu a acariciava. Só me lembro que desenrosquei os dedos e vi na palma da mão quatro minúsculas marcas de sangue. Minhas unhas tinham aberto quatro cortes na palma, que agora estava sangrando.

Perdão, eu disse, e senti vergonha de mim mesma. Corei na frente de uma cadela, na frente de um animal, e me ajoelhei ao lado dela.

Sem pensar, ofereci-lhe a mão novamente. A mesma que a curara e alimentara. A mesma que a castigara. A cadela baixou o focinho e lambeu-a sem hesitar. E eu acariciei por muito tempo aquela cabeça macia, aquele olhinho doce e inflamado.

ELA NÃO VOLTOU A APARECER nos arredores da casa e, admito, senti falta dela. Tive saudades da companhia daquele animal e saí para procurá-lo.

Eu temia encontrá-la esmagada sob os pneus de um caminhão ou infectada com raiva, o focinho espumando, os olhos fora das órbitas. Ou presa pelos filhos do vizinho, pendurada de cabeça para baixo, coberta de mel, bicada pelos urubus e ximangos e outros seres miseráveis. Aquela imagem me oprimiu o peito e foi assim que eu soube que a amava.

Sempre que amei alguém, imaginei sua morte. Quando criança, nada me assustava mais do que a morte da minha mãe, que eu imaginava toda noite: incêndios, balas, atropelamentos, acidentes. Sei que é um pensamento assassino, mas não consigo evitar. É assim que eu me preparo, entendem? É assim que se antecipa a dor.

Quando saí do supermercado, depois de comprar o leite desnatado e as bolachas de arroz da patroa, vi-a no posto de gasolina debaixo da cadeira onde ficava o rapaz de sempre. Senti meu corpo leve e fui quase correndo cumprimentá-la, mas quando ela me viu se escondeu e deu um rosnado seco. O rapaz a tranquilizou e acariciou sua orelha.

Calma, cachorrinha, foi o que ele falou.

Ela bateu o rabo no chão e o moço sorriu. Seus olhos também sorriram. Lembro-me disso como um afago: aqueles olhos pequenos e puxados riam quando piscavam. A cadela saiu com um pulo do seu esconderijo e aproximou o focinho do bolso do meu uniforme. Eu tinha comprado um osso que daria a ela na próxima vez que me visitasse, mas lhe entreguei ali mesmo, sem hesitar, porque talvez minha mãe estivesse certa e é assim que as pessoas são. Acariciei sua cabeça, suas orelhas macias e quentes, deixei que lambesse minha mão e decidi voltar.

Quando eu estava saindo, o rapaz quis saber se a cachorra também entrava na minha casa, aparentemente ela tinha o hábito de mendigar, ia de uma casa para outra, de uma cozinha para outra. Assenti, mas depois esclareci que não era minha casa, não.

O moço sorriu outra vez. Suas gengivas eram rosadas, como as das crianças quando perdem os dentes de leite. Vi seus lábios grossos e ressecados e notei aquelas comissuras sem arco, uma linha reta que não antecipava nem alegria nem tristeza.

De onde você é?

Foi o que ele perguntou. A cachorra o contemplou enquanto ele falava. Ela o amava, pensei. Era um olhar de adoração. Disse-me que vinha de Antofagasta, que tinha ficado cheio de ser explorado.

Muito trabalho e pouco dinheiro, disse ele, assim não há quem aguente.

A Yany ficou de barriga para cima enquanto ele fazia redemoinhos no seu pelo. Lembro-me de tê-lo achado jovem e velho. O rosto jovem, as mãos velhas; a voz jovem, as palavras velhas, era o que eu pensava ou talvez o que pense agora.

Você fuma?, ele perguntou e me ofereceu um cigarro. Atrás dele estava a placa de proibido fumar. Neguei com a cabeça e ficamos em silêncio.

Vou te contar uma piada, disse ele então.

Minha mãe detestava pessoas falantes. Cada vez que saíamos da padaria com fofocas sobre as vizinhas, os amantes, o pinto dos Jaimes, ela ficava de mau humor. A padeira engoliu um rádio, minha mãe dizia com o cenho franzido. O rapaz não parava de falar, a fumaça envolvia suas palavras, mas isso não me incomodava. A Yany ainda estava de costas, feliz enquanto ele a acariciava. Ele me contou a piada. Me fez rir bastante. Nós dois rimos, e eu escutei nossa risada feliz. Se vocês quiserem saber, eu conto, talvez a piada seja importante:

Ei, chefe, vamos descansar no Dia dos Mortos?

Por acaso você está morto?

Não!

Então vamos trabalhar!

Rimos por um bom tempo. Quando ficamos em silêncio, expliquei que tinha de ir, me agachei e acariciei a cachorra.

Até logo, ele disse, e eu me afastei.

O interfone tocou no dia seguinte e olhei pela janela da cozinha. Reconheci o macacão laranja, vi o rapaz indo embora e que a Yany, minha Yany, enfiava o corpo pelas grades, rodeava a casa mais uma vez e aparecia com a cabeça pela lavanderia.

Eu sempre soube que era uma má ideia, não tinha como essa história ter um final feliz, mas como me alegrei quando a vi! Preparei uma tigela com leite, outra com água fresca e enfiei o pedaço de pão no bolso.

Ela pôs a cabeça e tentou entrar, mas eu disse "não" e ela ficou parada. Essa ordem ela conhecia. Quando sentiu o cheiro do almoço, um guisado de frango com arroz, desesperou-se e latiu. Eu disse "não" novamente e dei-lhe o pedaço de pão. Ela entendeu, claro. Não podia latir, não podia entrar, mas podia vir de vez em quando até a lavanderia para receber um pedaço de pão, um pouco de leite e toda a água que quisesse.

A partir desse dia, começou a me visitar na casa. Às vezes duas tardes por semana, às vezes três. Se os patrões estivessem, eu a expulsava com um gesto exagerado, e ela, mansa, recuava resignada. Se eu estivesse sozinha, em vez disso, permitia que ela ficasse na lavanderia e lhe dava um pouco de comida. Só um pouquinho, quase nada, para que ela nunca dependesse de mim.

Não sei o que pensei todo esse tempo. Acho que fantasiava em manter o segredo até que um dia saísse daquela casa e ela viesse comigo. O que vocês achavam? Que a empregada não sonhava em ir embora? Esse sim teria sido um final estelar: a empregada sem uniforme, correndo pela rua arborizada e a vira-lata atrás, a cadela de merda, a língua de fora, o pelo ao vento.

EU ESTAVA LIMPANDO o chão naquela tarde. Passava o pano úmido pela madeira e depois torcia, torcia, torcia até a água sair limpa. A Yany dormia na lavanderia. Sua pele tremia, afugentando as moscas que pousavam no lombo. A menina estava no quarto com febre. Uma virose, segundo o patrão. Não tinha ido à escola e estava proibida de sair da cama. Eu devia lhe dar limonada com mel, arroz branco com legumes e medir sua temperatura. E ela não devia sair da cama, foi o que o pai dela lhe disse, foi o que a mãe dela repetiu, e eu me encorajei a deixar a cachorra ali.

Não sei por que ela foi à cozinha, só me lembro da sua reação.

A porta da lavanderia estava aberta e do outro lado, a Yany. Os olhos da menina brilharam além da febre.

É sua?

Foi o que ela disse.

Não era minha, a Yany. Não era de ninguém. Um animal assim nunca pertenceria a ninguém, mas eu disse que sim.

Sim, respondi.

E como se chama?

O nome dela era cadela. Cadela de merda. Cadela pentelha. Às vezes ela também era chamada de cachorrinha linda, menininha bonita, cachorra louca.

Fiquei muda. Olhei para a menina, para o animal, para a menina de novo. Não sei de onde veio o nome. Nomes são sempre um erro.

Yany, respondi.

A menina disse que era bonita, embora na verdade a cachorra fosse bem feia. Magrinha, desgrenhada, sem doçura nos olhos. Uma cadela sem graça, mas eu tinha me afeiçoado a ela e agora a menina tinha descoberto e iria contar para a mãe e para o pai e eles a enxotariam e depois a mim. Senti que não conseguia respirar. Meu peito estava cheio de ar quente. Minhas mãos, meus pés formigavam. Só minha própria voz me tranquilizou. Olhei nos olhos da menina e me agachei na frente dela.

É um segredo, eu disse a ela.

Ela assentiu, séria. Era inteligente, eu já disse isso.

A menina me perguntou com um fio de voz se poderia se aproximar e tocá-la, e sem esperar minha resposta andou quase na ponta dos pés, foi até a lavanderia, ajoelhou-se ao lado da Yany e passou a palma da mão no meio das orelhas dela. Soltei todo o ar do meu corpo e soube que ela iria amá-la também. Que a menina e eu adoraríamos a Yany. E às vezes, na vida, isso é tudo de que se necessita.

A menina fingiu que ainda estava doente e eu a acobertei naquela semana. Informei aos patrões que tinha tido febre, tinha vomitado duas vezes, ainda estava apática, a pobrezinha, e por isso passamos cinco dias juntas, as três.

Foi uma das poucas semanas em que a Yany veio quase todas as tardes. A menina estava feliz. A cadela também. Tudo ficaria bem, desde que a garota não traísse nosso segredo. Passou raspando uma noite, quando perguntou aos pais se poderia ter um animal de estimação, uma cachorrinha grande e velha, de olhos redondos e pelo marrom. A patroa olhou para ela desconfiada, mas o telefone tocou e ela esqueceu a pergunta. Como eu a odiei naquele momento. Não só por ter falado. Odiei a menina pela sua ganância. Por querer tudo para si.

O tempo passou, não sei quanto, mas não o suficiente. A alegria sempre dura pouco, escrevam isso em algum lugar.

JÁ LHES DISSE QUE ESTA HISTÓRIA tem vários começos. Começou no dia em que cheguei e a cada dia que não fui embora daquela casa. Mas talvez o início mais exato não seja minha chegada, nem o nascimento da menina, nem a picada de abelha, mas aquela tarde, quando a Yany me seguiu pela primeira vez e cometi o erro de deixá-la entrar.

Eu estava na lavanderia, estendendo os lençóis no varal. A Yany me observava do chão, nem acordada nem dormindo, quando de repente deu um pulo. Nunca a tinha visto reagir assim. Deu dois passos para trás e o pelo do lombo ficou eriçado. Como era assustadiça, não fiquei alarmada no início. Certamente tinha visto uma barata ou uma aranha pernuda ou, quem sabe, os animais também tenham pesadelos. Eu estava atrasada naquele dia. Tinha de pendurar os lençóis e passar o aspirador antes que a menina chegasse da escola. E regar os canteiros do lado de fora e sacudir os tapetes da sala e levar o lixo para a calçada. A Yany, no entanto, apontava com o focinho para um canto e ali, contra a parede, pulsando como só pulsa um animal, como nós também pulsamos, eu vi.

Nunca tive medo de ratos, portanto também não tive medo daquele. Tinha uma aparência úmida, os pelos aplastados na pele, a cauda sem pelos e de uma cor rosa plúmbea. Não fiquei com medo, repito, mas o nojo me obrigou a retroceder. O rato tinha saído de uma fenda e estava se esgueirando, procurando sabe-se lá o quê.

Eu o segui com o olhar, sem me mexer, mas a Yany não resistiu. Ela latiu e exibiu aquelas presas amarelas gastas. O rato parou, como se ficar parado o tornasse invisível. Estava a pouco mais de um metro dos meus pés e tremia todo. Não parou de tremer quando levantou a cabeça e olhou para o meu rosto. Anotem isso, por favor, essa coisa que parece não ter importância. Olhamos um para o outro, o rato e eu, e só então o medo me inundou. Um terror que subiu pelas minhas pernas e me deixou paralisada diante daquele animal. Acho que a Yany sentiu o cheiro do meu terror, soltou um latido, e o rato finalmente escapuliu pelo esconderijo na parede.

Essa foi a primeira noite em que os ouvi. Eu estava deitada na cama, sem conseguir dormir, quando ouvi um barulho. No início, pensei que deveria ser o vento, mas não havia uma lufada de brisa. Ouvi de novo, mais claro, e entendi que o som vinha do forro do teto. Eles estavam ali em cima, sim, não havia outra possibilidade. Não podia ser um único rato. Se você viu um, deve haver dez, Lita, foi o que minha mãe disse, e quem duvidaria? Centenas de patas minúsculas deviam estar marchando sobre minha cabeça. Um ninho, pensei, e outro calafrio percorreu meu pescoço e desceu pelas costas. Um esconderijo cheio de sujeira e lixo que eles coletaram meticulosamente ao longo de semanas. Um ninho de ratos gordos, com o pelo úmido e os olhos selvagens, que imaginei fitando, cravada, o teto.

Não fui a única a escutá-los. Quando entrei no quarto com o café da manhã, abatida depois de outra noite sem dormir, perguntei aos patrões se eles tinham ouvido alguma coisa incomum. Eles se olharam, mudos, e acenaram com a cabeça ao mesmo tempo.

Nojento, disse o patrão, sentando-se na cama.

Tinham ouvido os barulhos já fazia várias noites, roendo sobre sua cabeça. A patroa até tinha visto um deles de relance no jardim, mas não passava de uma dúvida, uma possibilidade remota.

Minha pergunta os tornara de carne e osso. Sem dúvida, estavam fora de controle, e os sinais logo apareceram: cocô de rato na despensa e ao redor da lixeira da cozinha, barulhos suspeitos nos armários, sombras fulminantes nas muretas. Devia haver centenas de ratos se reproduzindo no teto, levantando-se no meio da noite para devorar restos de lixo podre. A patroa disse a palavra-chave:

Perigosos.

Não eram ratinhos urbanos.

São ratos infectados com doenças graves e contagiosas, disse ela.

Hantavírus, exclamou, abrindo os olhos.

Sua linda menina infectada, febril, morta.

À tarde, o patrão trouxe uma caixinha de papelão e a depositou sobre a mesa da cozinha. Num dos lados havia a imagem de uma caveira e, em letras vermelhas e maiúsculas: MANTER FORA DO ALCANCE DAS CRIANÇAS. Uma descrição detalhada indicava como a substância operava no sistema nervoso, quanto tempo levava para paralisar as funções vitais dos roedores, a causa precisa da morte e a tecnologia usada para evitar a putrefação dos tecidos. Os cadáveres seriam dissecados; uma casca de rato morta. Nem sequer seria necessário recolher seus restos. O sofrimento seria mínimo.

Uma morte rápida, disse o patrão quando terminou de ler a descrição e, em seguida, deslizou a caixa pela superfície da mesa até minhas mãos:

Cuide disso, por favor.

Este também não era um pedido de favor. A empregada tinha de usar luvas amarelas, quebrar o lacre de segurança e afundar os dedos entre os pequenos grânulos azuis. Azul, sabe-se lá por quê. De todas as cores possíveis, o veneno tinha a cor do céu, a exata cor do mar.

Falei para o patrão não se preocupar, que eu cuidaria do assunto naquela tarde, e assim que fiquei sozinha em casa abri a caixa, pisei no pedal da lata de lixo e vi como as pedrinhas caíam no fundo da lixeira.

A simples ideia de abrir a porta de acesso ao sótão me enchia de terror. E meter minha cabeça no meio do ninho me dava pesadelos. Quase podia sentir as garras andando sobre meus braços, descendo pela minha coluna com suas patinhas até chegar aos meus pés. Não, de forma alguma. Joguei fora metade do veneno. A evidência justa para a minha mentira.

Naquela mesma noite, durante o jantar, o patrão quis saber o que havia acontecido com o veneno. Com um brilho sinistro nos olhos, ele me perguntou se eu tinha visto o ninho. Que eu lhe contasse como era, de que tamanho, e se na escuridão do forro os olhos daqueles animais tinham sido apagados. A menina olhou para eles perplexa. Para seu pai. Para sua mãe. O teto da sua própria casa. Foi uma daquelas histórias feitas de perguntas.

Eram muitos, Estela?

Deu nojo?

Você os viu morrer?

Assentir, às vezes, é tudo o que se necessita.

O curioso é que eu não os ouvisse várias semanas depois. Como se minha mentira os tivesse matado ou eles tivessem devorado o veneno dentro do saco de lixo. Ou talvez a casa não estivesse infestada, afinal. Talvez tivesse sido um único rato que agora jazia nas mandíbulas de algum gato de rua. Guardei a caixa de veneno em cima de um armário e a esqueci. A família também a esqueceu. Preferimos esquecer o problema.

Tudo aconteceu muito rápido depois disso. Tão rápido que, quando ouvirem, estarão sentados na borda da cadeira. Falo com vocês, amigos e amigas, ou como quiserem que eu os chame. Desenhem um asterisco entre suas anotações, marquem o que vem a seguir, pois a partir deste momento as cartas desabam sobre a mesa.

FOI ASSIM QUE AS COISAS ACONTECERAM. Vou conceder-lhes o privilégio de um atalho.

A menina fazia sua lição de castelhano na mesa da cozinha. Traçava as letras maiúsculas e minúsculas do alfabeto: A a, B b, C c, exasperada. Já sabia ler e escrever. Seu pai lhe ensinara palavras como estetoscópio e penicilina. Odiava fazer lição de casa e naquela tarde resmungava de tédio com sua pilha de cadernos. O ferro, enquanto isso, esmagava as cuecas do pai, as camisetas esportivas da mãe, os pijamas de algodão. A Yany estava deitada na lavanderia, enrodilhada sobre si mesma.

Depois de um tempo, a menina não aguentou mais, fechou os cadernos e começou a dar voltas pela cozinha. Falei para ela ir brincar no jardim, procurar tatus-bolinha, pular corda até chegar a dois mil, quinhentos e vinte e três. Ordenei-lhe que contasse seus próprios passos, que desenhasse animais do fundo do mar, que prendesse a respiração o maior tempo possível. Se ao menos ela tivesse me ouvido dessa única vez.

Era terça-feira, já falei para vocês? Às terças e sextas-feiras passava o caminhão de lixo, e era bom levar para fora os sacos antes das seis. Às sete, a lixeira comunitária transbordava de cheia, e o lixo das outras casas tinha de ser esmagado para outro caber. Eu odiava o contato daqueles sacos com minhas mãos. Sua quentura suspeita, os líquidos cedendo através de buracos e rachaduras invisíveis. Era preferível se antecipar. Ser sempre a primeira. Deviam ser umas cinco e quinze. Haveria lugar de sobra na lixeira. Dei um nó no saco preto e disse para a menina ficar quieta, eu voltaria num minuto.

Atravessei a cerca, caminhei até o contêiner e, para a minha surpresa, estava cheio. Tinham se adiantado a mim, as outras. Não sobrava um milímetro de espaço. Olhei em volta, como se fosse uma piada de mau gosto, mas lá estavam os sacos pretos, até a borda do contêiner.

Não tive escolha. Tomando cuidado para não tocar em nada macio, nada úmido à primeira vista, escolhi um canto e empurrei para baixo com a palma da mão. Ouvi vidros, latas, objetos estranhos sendo triturados e então senti uma substância morna se espalhar pela palma da minha mão. Olhei para a copa de uma ameixeira enquanto continuava empurrando com mais força. O sol continuava lá no alto, infiltrando-se pelos galhos e folhas avermelhadas. Lá embaixo, os sacos pretos e aquele cheiro preto impregnando meus dedos. Com meio braço dentro do contêiner, joguei o saco de lixo e fechei a tampa.

A fetidez, agora, vinha de mim mesma. Cheiro de vinagre e mofo, ovos e sangue. Fiquei atordoada, parei e virei o rosto para o céu. O sol ardia na pele. Alguns segundos devem ter se passado. Mas quem entende as dobras do tempo?

Voltei para casa, para a cozinha. O contraste entre o sol e o interior me cegou e por um instante todos os objetos foram cercados por halos resplandecentes. Só quando vi a menina, a luz se acalmou. Ela estava saindo do quarto dos fundos, se matando de rir.

Corrijo-me. Apaguem isso.

A menina ainda não tinha saído. Eu a vi no exato momento em que ela vestia um dos meus uniformes. O da segunda-feira, o da terça-feira, não havia diferença. Observei seus bracinhos entrando pelas minhas mangas e o pano quadriculado rolando até seus joelhos. Ela ficou parada por um segundo na soleira da porta translúcida, mas imediatamente me viu e disse:

Quem sou eu? Quem sou eu?

Eu não sabia o que responder. Não conseguia dizer uma única palavra. Minha mão estava coberta por aquele líquido rançoso; tudo cheirava a podridão. A menina saiu do quarto dando pulinhos.

Quem sou eu? Quem sou eu?

Logo ficou entediada. Ela se aproximou da despensa, abriu a porta, pegou um pacote de farinha e olhou para mim.

Vou fazer a massa, menina, não me incomode, disse. Fique quieta, menina. Sossegue de uma vez. Vá pular corda e conte até dois mil e quinhentos.

A menina abriu o pacote de farinha e a espalhou no balcão. Metade caiu no chão, de onde saiu uma poeira branca que lhe chegou até os joelhos. Depois foi até a pia, encheu um copo d'água e jogou metade dele sobre a mesa. Uma substância grumosa deslizou pelas laterais do móvel. A menina acrescentou o resto da água, e uma poça amarelada se formou aos seus pés. Quando a viu, foi para cima dela, encharcou as solas dos sapatos e começou a correr pela cozinha. As pegadas ficaram por todo o chão. Pegajosas, resistentes.

Vocês podem se perguntar por que eu não a detive. Por que eu não a sacudi, gritei com ela e a enfiei no chuveiro gelado de roupa e tudo. Ouçam bem: minha mão exalava um cheiro pútrido, o tempo havia se desvanecido. A menina voltou para o balcão e conseguiu fazer algo como uma bola de água e farinha. Ela a segurou com uma das mãos e caminhou na minha direção.

O uniforme, meu uniforme, estava coberto de manchas amareladas. Minha mão continuava impregnada de lixo, minha pele retesada de sujeira. E a menina esfregava a mão suja no peito do meu uniforme; sua mão imunda sobre o pano que ficava em cima do meu coração.

Agora prestem atenção em mim e registrem o que veio a seguir. O que senti foi muito preciso. Tão avassalador que fiquei com medo. Eu não sabia que era possível odiar alguém de modo tão puro.

Eu devia ter dito para ela parar, vestir a roupa e limpar o chão de joelhos. Que esfregasse cada mancha com a língua, que raspasse com as unhas os restos de farinha incrustrados no rejunte. Acho que ela percebeu minha raiva. Eu podia ver seu peito enchendo e esvaziando, assim como o corpo daquele rato, tão vivo, tão cheio de medo. Vi como seus olhos umedeciam, logo ela começaria a chorar. Mas acho que o medo não foi suficiente ou, em algum momento, enquanto me olhava, ela reparou nas minhas mãos. Elas estavam tremendo, sabe? Minhas mãos imundas e fedorentas tremiam incontrolavelmente. A menina deve então ter lembrado quem ela era e quem era eu.

Ela me olhou desafiadora, acomodou a mistura de farinha entre as mãos e, tomando impulso, jogou-a com todas as suas forças contra o teto da cozinha. O som nos sobressaltou. Primeiro o golpe seco e depois aquela corrida inesperada no forro.

Lá estavam eles de novo. Não tinham ido a lugar nenhum.

A menina correu até mim e abraçou minhas pernas. Fiquei no meu lugar, confusa com o silêncio que se seguiu. Como se os ratos estivessem esperando um movimento em falso para descer e iniciar o ataque todos juntos. A menina ensaiava um chorinho suave e contido. A corrida tinha recomeçado. Centenas de ratos corriam apavorados acima de nós, alarmados com o golpe que a menina dera aos seus pés.

Naquele momento, ouvi um barulho que jamais esquecerei. À noite, mesmo aqui, esse uivo ainda me assombra. Não eram mais os ratos. O gemido veio da lavanderia. O grito de dor, de medo, que a minha Yany soltou.

OLHEI PELA PORTA e a vi do lado de fora, com os olhos arregalados. Eu não a tinha visto chegar naquela tarde e achei que estava bem, saudável, achei que não tinha acontecido nada. E tudo o que eu queria era lavar as mãos, ensaboá-las, escovar as unhas. Mas aquele brilho... Ah, aquele brilho no olhar dela.

A menina ainda estava entre minhas pernas, bem em frente à porta da lavanderia. Não sei o que esperávamos, ela e eu, mas ambas intuímos que algo estava prestes a acontecer. E que não tínhamos mais alternativas a não ser esperar pelo inevitável. Como se espera o amanhecer.

A Yany ergueu o lábio superior e me mostrou as presas.

Não, eu disse, com voz firme.

Não. Não. Não.

Ela era mansa, a Yany, eu já disse isso. Dócil, submissa, mas todos temos um limite. Ela também. Eu também. Até vocês têm um limite.

Um fio de saliva deslizou pela lateral do seu focinho e vi seu lombo se retesar, preparando-se para aquele movimento repentino. A Yany ganhou impulso, correu e se precipitou para cima de mim. E eu, num salto, consegui me esquivar. Ou não. Não fui eu. Foi meu corpo, na verdade. E atrás do meu corpo estava a menina vestida com meu uniforme.

É estranho como algumas desgraças acontecem. Alguns dirão que ocorrem muito rápido e não permitem reação. Não foi o caso aqui. Uma calma se espalhou entre nós, como no centro de um ciclone: a cadela, a menina, os ratos, o lixo. A Yany abriu o focinho e suas presas afundaram naquela panturrilha branca e lisa. A menina ficou muda, não reagiu. Só quando a cadela soltou os dentes é que ela deu um grito de dor.

Assustada, a Yany recuou. E soltou um uivo tão triste... Como se pedisse perdão. Como se me implorasse para perdoá-la por aquele ato brutal. Saiu para a lavanderia, se encolheu num canto e baixou a cabeça. Só então notei o sangue: a pata traseira da Yany também estava sangrando. Um rato a atacara no tornozelo. O miserável rato gordo havia enterrado os dentes na carne da Yany. Assustado com o golpe no teto, ele deve ter atacado sem pensar. Assim é o medo, não se esqueçam, ele ataca sem pensar, e o rato atacou primeiro, a Yany só depois.

O sangue se espalhava sobre seu pelo sujo e pegajoso. O da menina, por outro lado, desenhava dois pequenos rios da panturrilha para a renda branca da sua meia. Olhei para as duas. A menina, pálida. A Yany, com aquela expressão selvagem que eu nunca tinha visto antes.

Não hesitei por um segundo. Expulsei-a com um grito seco e brusco, um grito sem amor.

Já pra fora, sua cadela de merda. Você passou dos limites. Saia daqui.

Foi o que eu disse, anotem aí. As palavras são importantes. A Yany saiu mancando da lavanderia, rodeou a casa e saiu. Às vezes penso que essa foi a última vez que a vi. Que a que veio depois foi um espectro da Yany que queria se despedir.

A menina gritava e soluçava inconsolavelmente. As duas presas haviam perfurado sua carne e não havia como tranquilizá-la. Eu a levantei, sentei-a numa cadeira e me agachei na frente dela. Pedi que se acalmasse, que eu ia pegar álcool e algodão. Eu não podia curá-la se ela não parasse de chorar. Limpei os dois rastros de sangue que resvalavam da sua perna. Pressionei o algodão contra as duas pequenas feridas por alguns minutos. A menina gemia e olhava para a perna com certa estranheza. Como se acabasse de perceber que aquela ferida era dela, que a dor era dela e ninguém, jamais, poderia senti-la por ela.

Desinfetei sua pele e num sussurro disse que ela era muito corajosa. Que outras crianças teriam chorado muito mais. Outras teriam chamado a mãe, as muito mimadas. Ela não. Ela era uma mocinha especial.

Consegui acalmá-la. O ferimento parou de sangrar. Não seria necessário dar pontos. Fiz um curativo com os algodões e um pedaço de esparadrapo. Falei para ela se levantar e dar alguns passos. Ela não mancou, ficou cheia de orgulho. E enquanto caminhava, imaginando como contaria a história aos colegas de escola, como deixaria a meia abaixada para exibir a ferida como uma medalha, agora mais calma, quase orgulhosa, viu a mancha amarelada no meio do teto, a farinha espalhada na mesa, a poça pegajosa no chão, suas pegadas sujas e, por fim, o uniforme. Meu uniforme no corpo dela e a mancha de sangue nas costuras. Uma mancha que eu teria de tirar com água morna e sal. E deixar de molho. E esfregar à mão para que o sangue se desprendesse das fibras.

A menina entrou no quarto dos fundos. Eu a vi tirar o uniforme e vestir de novo sua roupa da escola. Eu a vi pegar o pano úmido e se ajoelhar no chão. Eu a vi limpar, isso mesmo. Esfregar a farinha endurecida enquanto o algodão na sua perna lentamente se tingia de vermelho. Era tarde demais, vocês devem saber disso. É impossível devolver o sangue que saiu do seu curso. Também não é possível frear o impulso de um corpo dentro da água. E não foi possível fechar a rachadura que se abriu naquele dia. Talvez fosse o sol ou o lixo. O rato ou a Yany. Talvez fosse eu. A verdade é que ela temeu que eu a delatasse, eu temi que ela me acusasse, então prometemos não falar nada. Nem a menina nem eu. E nada de bom sai de um segredo. Escrevam isso aí.

NAQUELA NOITE, deitada, a ansiedade me impedia de dormir: a casa infestada de ratos, a menina doente de raiva, a espuma amarelada jorrando aos borbotões da sua boca, os espasmos incontroláveis do seu corpo, a descoberta de dois pontos brancos suspeitos na sua panturrilha já branca.

Durante dias cuidei da perna dela como se fosse minha. Álcool, Povidona, calças compridas apesar do calor. Por sorte, não infeccionou. Os pais não descobriram os ferimentos. E as horas se arrastaram cruelmente na ausência da Yany. Olhava pela janela para ver se ela aparecia de repente, mas nada, nada.

Certa manhã, saí para procurá-la no supermercado. Antes, passei pelo posto de gasolina e vi que o rapaz estava atendendo o motorista de um carro esportivo. A carroceria brilhava ao sol, mas o motorista, do seu assento, insistia para que o moço limpasse uma suposta mancha no para-brisas. "Ali, ali", repetia exasperado enquanto batia o dedo no vidro à sua frente. O rapaz a limpou, mas depois tirou um pano preto do bolso e espalhou a graxa para a frente e para trás no vidro traseiro. O cara saiu furioso, gritando.

Grosso de merda, mal-educado, miserável.

Acelerou e desapareceu.

O moço estava limpando as mãos em outro pano quando me avistou se aproximar. Ele sorriu quando me viu, e eu também fiquei feliz.

E a cachorrinha?, perguntei.

A Daisy?, disse ele.

Não, não, não. O nome dela não era Daisy. Ela não podia se chamar Daisy. Os nomes importam demais.

A vira-lata, respondi, com a boca repentinamente seca.

Deve andar por aí, vagando.

Os ombros do rapaz se encolheram e ele me perguntou como eu me chamava.

Estela, respondi.

Imediatamente me arrependi de não ter mentido para ele. Se a Yany era a Daisy, eu poderia ter dito Gladys, Ana, María, Rosa.

Chamava-se Carlos. Charly, esclareceu, e exibiu aqueles dentes tão pequenos, tão perfeitamente brancos.

A Daisy ainda vai visitar você?

Eu disse que sim, mas que não ia há dias. Ele me prometeu que iria levá-la.

Eu te levo ela, Estelita, assim que ela aparecer eu vou levar pra você. E despediu-se, acenando com aquela mão ainda preta de graxa.

Quando estava voltando para casa, fui surpreendida por um vulto na lateral da lixeira comunitária. É ela, pensei, e senti algo quente no estômago. Mas era um saco, nada mais, um saco grande jogado ao lado do contêiner. Eu já sabia que a amava. Não era necessário antecipar sua morte, vê-la atropelada num cruzamento, envenenada num canto, torturada por aquelas crianças mimadas e cruéis. Aquela miragem me apavorou. Muito provavelmente, a Yany devia ter saído mancando por um beco, se enrolado numa esquina e morrido sozinha, de uma infecção, sem que ninguém se importasse.

Voltei para casa, me tranquei no quarto e resolvi ligar para minha mãe. Ela não respondia havia vários dias e só me mandava mensagens: estou ocupada, estou cansada, vamos conversar no domingo. Vi uma ligação perdida da Sonia, mas não liguei de volta. Grana, grana, grana, sempre a mesma coisa. Melhor minha mãe e suas histórias mais felizes que tristes, mais mornas que frias, mais suaves que duras. Que ela me contasse sobre suas tardes procurando mexilhões à beira do mar ou sobre os caranguejos enredados nos tentáculos das algas ou sobre os tesouros que a maré baixa deixara na praia. Minha mãe, no entanto, não atendeu. Liguei de volta naquela noite e de novo, nada. Fiquei nervosa, é verdade, e as ideias assassinas voltaram. Minha mãe morta de um ataque cardíaco ou de um derrame súbito. Eletrocutada. Afogada. Eu não sabia o que fazer.

Quando estava havia várias horas sem dormir, rolando de um lado para o outro no colchão, disse a mim mesma: chega. Minha mãe com frequência esquecia o celular no banheiro, entre as páginas de uma revista, na gaveta dos talheres. Era normal que não atendesse. Devia estar trabalhando, devia ser isso. Suas mãos descascando, amassando batatas, cortando lenha, limpando fuligem, consertando inutilmente aquela casa em ruínas.

E a Yany está andando por alguma praça no centro, eu disse a mim mesma na escuridão daquela noite.

E alguém lhe deu água, é isso.

Uma jovem a viu e lhe ofereceu um pote de água fresca.

E também um pedaço de pão.

E acariciou suas orelhas, sim.

E desinfetou aquela ferida estranha na pata traseira.

E a curou, isso mesmo.

É assim que as pessoas são, repeti para mim mesma antes de fechar os olhos.

É assim que somos, é assim que somos.

E mais um dia de trabalho passou.

PARECE QUE EU ESTAVA SEMPRE OUVINDO A YANY. Às vezes, escutava os gemidos que ela dava quando cochilava, ou tinha a sensação de que alguém me observava de um canto da lavanderia. Essa inquietação me mantinha em alerta. Ou não. Não é isso. A inquietação vinha depois e talvez eu só sentisse falta dela. A empregada doméstica tinha se afeiçoado à cachorra vira-lata, e os dias se arrastavam dolorosamente sem sua companhia: esfregando as janelas com limpa-vidros, os sapatos marrons com graxa marrom, os sapatos pretos com graxa preta, desentupindo a pia, esvaziando as latas de lixo, enfiando os sacos nelas, esvaziando-as novamente.

A menina, naqueles dias, comeu sem reclamar. Talvez ela tivesse medo de que eu a acusasse por manchar meu uniforme, por espalhar a farinha no chão. Se eu lhe servisse frango, comia o frango. Se eu lhe desse salmão, comia o salmão. Ela ainda levava uma hora para comer, cem vezes mastigando cada mordida, mas seu prato ficava reluzente.

Eu, quando criança, também fiquei um tempo sem comer. Eu já lhes contei essa história? Foram algumas semanas, nada mais, que eu fiquei no internato feminino de Ancud. Tinham pedido à minha mãe que ela dormisse na casa em que trabalhava, e ela me disse, sem rodeios:

Não tem ninguém pra cuidar de você, ninguém que cozinhe pra você, o internato fica perto do meu trabalho.

Ela me deixou na porta daquele prédio numa tarde de domingo e naquela mesma noite não consegui comer. Não havia nada de errado com a comida, lentilhas, feijão, ensopado, grão-de-bico, mas um nó na garganta me impedia de engolir.

As freiras não sabiam o que fazer comigo. Eu só dava uma mordiscada de manhã no pãozinho com manteiga e nada durante o resto do dia. Elas se negavam a chamar minha mãe, a envolvê-la nos truques dessa pirralha de merda, indisciplinada e preguiçosa, disse a inspetora quando olhou para o meu prato intocado. A madre superiora tentou me convencer de que eu logo me acostumaria. As outras meninas não eram más e, além disso, minha mãe tinha que trabalhar, ganhar o pão, ganhar dinheiro. Não podia ficar sozinha metida lá no campo.

Não lembro se as meninas eram más ou não. Não guardei um único rosto, nem um único nome. E o que não se nomeia é esquecido, daqui a pouco vamos falar sobre isso. Lembro-me de um corredor muito longo e de que, olhando de uma ponta a ponta a inspetora parecia muito baixinha, como qualquer outra criança. Lembro-me também do teto alto do dormitório compartilhado, do rangido das escadas empoeiradas, do terreno baldio do outro lado das janelas. Eu queria sair de lá, voltar para o campo com minha mãe.

Não foi planejado, juro. Era a hora do almoço e estava chovendo. Lembro-me bem porque em dias de chuva as janelas do refeitório embaçavam, e mais do que nunca eu sentia que ia ficar trancada ali para sempre; não havia exterior, não havia ruas, o campo tinha sido engolido pela neblina e restara apenas o internato suspenso num inferno de vapor. Fiz fila em frente à cozinha, me serviram um prato de *charquicán** e olhei buscando a inspetora. Ela estava almoçando com as freiras num pequeno tablado no próprio refeitório. Nem pensei. Eu me aproximei, fiquei na sua frente e joguei toda a comida na cara dela. E com todas as minhas forças, forças desconhecidas, bati o prato vazio na nuca da freira.

Não se espantem, por favor, já disse que todos temos um limite.

A madre superiora caiu no chão e quebrou os dentes da frente, enquanto a inspetora, ainda coberta de batatas e abóbora, agarrou meu pulso e me deu dois tapas com a outra mão. Os golpes com cinta inexplicavelmente não doeram. Como se eu não estivesse mais no meu corpo; como se eu tivesse saído de lá.

Naquela mesma tarde, minha mãe me buscou no internato e me levou direto para o campo. Para quê contar, passo a passo, a marcha silenciosa de Ancud até nossa casa? Ela não olhou para mim a viagem toda, nem mesmo quando chegamos. À noite, ela preparou umas batatas cozidas com costeletas que eu devorei.

Fedelha de merda, disse ela, enquanto eu chupava os ossos.

Com o prato já vazio, ela me encarou e de repente começou a rir. Primeiro uma risada baixinha, como se não pudesse se conter, como se sua boca, por conta própria, arremetesse com aquela gargalhada, mas depois cada vez mais alto até se deixar sacudir pelo riso.

Todo o *charquicán* na cara dela!, disse minha mãe com a cabeça inclinada para trás e o riso sacudindo-lhe os ombros. Fiquei gelada, sem me mexer. Minha mãe ria alto, a boca aberta, os olhos entrecerrados, as lágrimas escorrendo pelas boche-

---

* No Chile, um dos pratos representativos da culinária dos povos andinos. Trata-se de um ensopado que pode ser feito com carne, frango ou apenas vegetais; sempre inclui batata e abóbora no preparo.

chas. Depois de um tempo fui contagiada pelo riso e de repente nos vimos quase sem fôlego, uma de frente para a outra, duas gargalhadas na escuridão infinita do campo. Depois veio o cansaço. Paramos de rir. Seu rosto voltou a ser o de sempre; as comissuras para baixo. Aí ela falou, muito séria:

Tudo tem consequências, Lita, você tem que entender isso.

Ao amanhecer, ela me acordou e avisou que voltaria a dormir no trabalho. Eu tinha treze anos, em breve faria catorze, e fui deixada no campo, sozinha. Ou não, não sozinha. Lá estavam os porcos, os gatos-do-mato, o cavalo cego do vizinho. E estaria eu, todas as madrugadas, caminhando contra o vento até o ponto para não perder o ônibus que me levaria ao colégio mais próximo, sem uma mãe que me dissesse: ponha seu gorro, Lita, para que te tricotei um gorro de lã?

Malcriada, minha mãe disse pouco antes de sair de casa.

E depois, como um presságio:

Você vai ter que aprender a se cuidar sozinha.

OS RATOS VOLTARAM A FICAR QUIETOS no forro da casa, a menina se esqueceu da cadela, a perna sarou e a patroa teve uma promoção no trabalho. Ela seria responsável pela limpeza de terras para novas plantações de pinheiros. A madeireira estava prosperando, eles abririam uma nova filial no Sul. Os patrões discutiam se o aumento salarial lhes permitiria comprar a casa na praia ou se era melhor investir, multiplicar as rendas.

Nos verões, minha mãe e eu colhíamos amoras. Não pensem que vou fazer mais uma digressão, as amoras são importantes. Ela me ensinou como colhê-las, como pegá-las sem me picar, como desviar dos seus espinhos. O segredo está nos olhos, dizia, que eles não se adiantem a você. Porque se você está olhando para a próxima amora, *zás!*, o espinho te pega. Eles grudavam nas minhas roupas, nos braços, no cabelo. Nunca consegui controlar meus olhos. Eles iam para a próxima amora, para a sua tinta preta na minha boca, enquanto minha mão ficava para trás, enganchada nos arbustos. Uma vez peguei um ramo inteiro e o enfiei como estava na cesta.

O que é isso?, minha mãe disse quando viu as frutas ainda verdes.

Gananciosa, disse ela, as amoras não amadurecem todas juntas pra que ninguém, jamais, deixe o galho pelado. Colhemos as de hoje, amanhã outros colhem as de amanhã. Se você pegar o ramo inteiro, os outros ficam sem, Lita.

As amoras verdes não amadureceram. Apodreceram e eu as joguei fora. As outras, as pretas, nós comemos até o inverno: geleia de amora, bolo de amora, torta de amora, leite de amora. Mas de novo perdi o fio entre os galhos — ou entre os espinhos, talvez.

O patrão e a patroa celebraram a promoção com uma garrafa de champanhe no terraço da casa, a taça dela vazia, a dele intocada. Levei para eles um potinho com azeitonas e uns guardanapos de papel. A patroa pegou uma azeitona e a enfiou na boca. Quando comia, tirava constantemente as migalhas da saia. Mesmo que não houvesse uma única migalha, ela repetia aquelas batidinhas nas roupas. Varria essas imperfeições inaceitáveis com o dorso da mão. Naquela ocasião, lembro-me dela dizendo tim-tim, virando sua taça e depois sacudindo a sujeira que estava por vir. Isso, pelo menos, foi o que pensei, ou talvez também esteja pensando agora. Que ela se antecipava à sujeira que logo a cobriria.

A menina queria experimentar um gole de champanhe. Não vi se deram ou não. Voltei à cozinha para esquentar o jantar e ouvi a patroa dizer:

Ju, tenho um presente para você.

Ela tinha um presente para sua linda menininha, para que ela também aprendesse a importância de subir na vida. Para lembrá-la de que, quando se é promovida, você recebe recompensas valiosas. Fui até lá perguntar se o patrão queria comer arroz. Ele estava de dieta, abandonava o arroz no prato, e me dizia:

Estela, eu falei pra você não me servir arroz.

Mas, se eu não lhe servisse arroz, ele me pedia um pouquinho, uma colherzinha, será que você quer me matar de fome?

Eu estava prestes a perguntar sobre o arroz quando vi a menina abrir o pacote. Uma caixa de papelão bastante grande, embrulhada num papel rosa e branco. Por um segundo pensei que fosse um animal de estimação e o odiei. Ela teria seu próprio cachorro. Um labrador ou um pastor inglês, um cão policial ou um chihuahua. Um cachorrinho hiperativo e destruidor, um animal que não era a minha Yany, que nunca seria a minha Yany.

Abriu a caixa toda afobada, destroçando o papel. Os legos caíram, largados, no chão do terraço. Estudou o vestido com as mãos enquanto seu rosto se avermelhava. Um vestido branco com renda nas mangas e uma fita rosa que cingia a cintura. Vocês sabem de que vestido estou falando, o vestido do fim.

Para comemorar seu aniversário, disse a patroa. Para você se vestir de princesa numa linda festa à fantasia.

Faltavam semanas para o aniversário dela, mas ali estava o vestido. A menina olhou para ele, depois para a mãe e de novo para o vestido. Como descrever sua expressão? O desespero permanente gravado no rosto daquela menina.

Quando ela era mais nova, algo semelhante tinha acontecido. O patrão comprou uns brincos de pérola para sua adorada menina. Pérolas brancas e perfeitas para decorar aquele rosto branco também perfeito. A menina tinha quatro anos, talvez um pouco menos. Ela não usava brincos porque irritavam suas orelhas, mas ali estavam aquelas pérolas, dentro de uma pequena caixa azul. O patrão abriu-a, mostrou-lhe os brincos, e ela deu um passo para trás, assustada. Ele nem percebeu. Estava ocupado em tirá-los da caixa de veludo. Quando conseguiu, agachou e atravessou com cada brinco os furinhos incrustados naquelas orelhas. A menina reclamou e começou a chorar. O patrão disse-lhe que ela estava linda, uma mocinha, exclamou, mas provavelmente ela não ouviu. Chorava fora de si, debatendo-se no chão. Só se calou, falo do patrão, dos elogios do patrão, quando viu o que sua filha era capaz de fazer. Levantou-se do chão, a menina, olhou-o vermelha de raiva, tomada pela fúria, levou a mão esquerda até a orelha esquerda, a direita até a direita, agarrou as duas pérolas e as puxou até quase arrancar os brincos dos lóbulos.

Lembro-me do silêncio que se fez entre a patroa e o patrão. Um silêncio angustiado, tenso. Ele correu e lambuzou as orelhas da filha com álcool. Pediu-me para trazer gelo. Também o material de sutura para evitar que a ferida se dividisse em duas. A patroa olhou para a cena como se não estivesse acontecendo. De pé, perturbada, ela observava aquela garotinha como se não a conhecesse. Ou, pior, como se temesse conhecê-la muito bem. Fiquei olhando para eles sem saber o que fazer. A menina gritava, rosnava, entre o medo e a dor. O patrão, naquele instante, levantou a vista e me procurou. Era um olhar cheio de ressentimento. Porque a empregada sentia pena da família.

Não sei se falaram sobre o assunto depois. Se à noite, deitados, comentaram aos sussurros que esse não era um comportamento normal. Se discutiram sobre o caráter descontrolado da sua menina perfeita. Aquela que se recusava a comer. Aquela que devorava as unhas. Aquela que batia nos coleguinhas. A menina não falou nada, disso sim eu me lembro. Ficou vários dias em casa com um curativo em cada orelha, mas logo a ferida cicatrizou e apagou aquela memória de sua pele. E ali estava aquele desespero de novo. A menina com o vestido nas mãos, vermelha, longe.

A patroa tirou-o dela.

Não importa, disse ela. Não importa, repetiu, claramente abalada.

Naquele momento, a patroa olhou para mim. Lá estava sua empregada, a principal testemunha da sua infelicidade. E ninguém, jamais, gosta de ter sua felicidade questionada.

NÃO SEI QUANTOS DIAS SE PASSARAM, e devia saber. Foram os últimos dias da realidade como eu a conhecia.

A campainha da casa me assustou enquanto eu passava a roupa. Tantas horas passando, encolhendo cada peça, percorrendo-as com o calor. Levantei os olhos e pensei que devia ser o carteiro, mas lembrei-me imediatamente de Carlos, da Yany, e fui até a porta. Só sei que em nenhum momento larguei a blusa azul da patroa. Como se eu continuasse passando a ferro enquanto atravessava a cozinha, o corredor, quando abri o portão e encontrei aquele rosto que não deveria estar ali: minha prima Sonia, uma mochila no ombro, um envelope pardo nas mãos. Era verão, e o sol provocava um brilho movediço no seu cabelo, apagando-o aqui e ali.

Sonia nem me cumprimentou. Falou como se aquela frase queimasse sua língua e ela pudesse finalmente cuspi-la.

Ela morreu, disse.

O sol continuava se divertindo com o cabelo dela, tornando-o branco, luz pura.

Minha prima Sonia voltou a falar:

Ela estava trabalhando no criadouro de salmão quando caiu no chão, de lado, como um saco de batatas. Ela morreu de repente, Estela, faz cinco dias.

Vi que algumas gotículas de suor haviam se acumulado nos seus lábios e que sua boca tinha as comissuras arqueadas para cima, como deviam ser as bocas de pessoas felizes. Agora aquela boca dizia que não sabia exatamente o que tinha acontecido. Minha mãe estava eviscerando os salmões, raspando suas escamas, arrancando suas ovas, quando de repente. Foi o que disse:

Quando de repente...

As palavras continuavam saindo da sua boca, enquanto o sol, lá em cima, espremia o suor da sua testa. Apalpei o bolso, tirei o celular e disquei o número da minha mãe. Na tela apareceram as palavras: chamando mamãe.

Ela responderia, claro que responderia. Ela diria: "Minha Lita", e me falaria dos golfinhos rompendo a superfície do mar ou dos cisnes-de-pescoço-preto flutuando à beira da água. Eu queria reter aquelas imagens: o olho perplexo dos cisnes, o arco negro do pescoço deles. A ligação foi interrompida: sem resposta.

Sonia me explicou que só tinha descoberto no dia anterior. Que minha mãe estava com um dos seus colegas de trabalho, um certo Mauro, e não fique brava, mas eu estava em Punta Arenas, ela disse, trabalhando nos caranguejos, tudo é tão caro, tão difícil, Estela, não há dinheiro nem pra lenha.

Minha mãe dizia que os caranguejos centolla eram aranhas marcianas e que no verão ficavam encalhadas, grogues por causa do calor, sem entender que estavam cozinhando na areia, indo do cinza ao vermelho, cada vez mais perto da maionese e dos respingos de limão.

Sonia não parava de se mexer, alternando seu peso de uma perna a outra, e o envelope pardo também passava de uma mão a outra. Ela usava tênis novos, recém-estreados. Eu os vi, ela percebeu e não se atreveu mais a olhar para mim.

Eu mandava dinheiro para Sonia todo fim de mês para que ela cuidasse da minha mãe. Para que ela não ficasse sozinha no campo e sua perna não piorasse. Minha mãe, no entanto, não estava em casa. Com a ponta de uma faca, ela abria a barriga do salmão. Separava as ovas das vísceras que serviriam para alimentar outros animais que logo também morreriam.

Ela me explicou que, por causa da urgência, porque essas coisas têm que ser feitas imediatamente, aquele homem, o desconhecido que estava ao lado de minha mãe no criadouro de salmão, tinha cuidado disso. Não entendi o que quis dizer. Os cadarços brancos, as costuras impecáveis daqueles tênis, as comissuras felizes, o sol avermelhando seu rosto, o suor assentado na sua testa.

Ele se encarregou do enterro, disse Sonia, e essa palavra foi a última que pude ouvir.

Naquele dia, eu tinha cozinhado um ensopado de carne, varrido toda a casa, banhado e vestido a menina enquanto minha mãe estava enterrada entre as raízes retorcidas de uma árvore. São coisas que você acha que vai sentir. Que de repente você vai ouvir um murmúrio semelhante à voz da mãe ou que vai soprar uma corrente fria em meio ao calor. Um pressentimento, é disso que estou falando. Que palavra, pré-sentimento. Mas qual é o sentimento anterior à dor? Isto foi o que mais me entristeceu: eu não tinha sentido absolutamente nada.

Sonia baixou os olhos e me disse que precisava ir. Ela viera a Santiago em busca de algum bico, pois, assim que soube da minha mãe, saiu de Punta Arenas para Chiloé e foi demitida da empresa.

Se eu soubesse de alguma coisa, ela pediu.

Seja lá o que for, disse ela.

Eu não tenho nem um centavo, disse.

Não sei o que respondi. Só sei que quando estava prestes a fechar o portão, ela me entregou o envelope pardo e bati a porta na cara dela sem me despedir.

Fiquei atônita olhando na direção da casa. Lá fora estava minha prima. Lá dentro, logo, estaria eu. No Sul, minha mãe morta. Eu nunca saberia se aquele homem a havia lavado e penteado. Eu nunca saberia se ele tinha escolhido o vestido de renda, se ele tinha cruzado as mãos dela sobre o peito, se ele tinha cantado para se despedir.

Dei alguns passos, eu acho, quando aconteceu o que aconteceu. O jardim da frente da casa foi se alargando ao meu redor. Os espinhos dos cactos avançaram, curvaram-se e pouco antes de se cravarem na minha pele, transformaram-se em ramos de olmos e araucárias e caneleiras. O sol também inflou e a realidade, toda ela, se dilatou para dar lugar a tanta luz. A casa, as pedras, as copas das árvores pareciam prestes a estourar. Então, por um segundo, as coisas brilharam, transbordando de luz, e eu também brilhei entre as coisas, um pouco menos sozinha.

ENTREI NA CASA, mas não estou certa de que se tratava da mesma casa. Os objetos eram idênticos, os móveis, a disposição das peças. E, no entanto, eu estava em outro lugar. Continuei passando roupa por hábito ou porque minhas mãos ainda seguravam a blusa azul e suas pregas também eram azuis. Lembro-me de piscar, ciente do sobe e desce das pálpebras, enquanto uma ideia continuava zumbindo na minha cabeça: eu teria fechado as pálpebras da minha mãe e, antes de selar a boca, teria deixado um botão apoiado na sua língua. Em todas as suas roupas faltava o primeiro botão. Porque minha mãe puxava a gola do uniforme ou da blusa, a gola de seja lá o que fosse que a estivesse enforcando, para se salvar da asfixia. Todas as suas roupas não tinham o primeiro botão.

Um bom tempo se passou até sentir a picada da realidade. Eu ainda estava viva, meu peito estava cheio de ar, eu estava com sede, até fome. E não podia ser. Eu devia ter voltado para o Sul depois de trabalhar apenas um ano em Santiago. Devia ter juntado dinheiro para consertar os telhados de zinco, para construir outro cômodo, para adicionar mais um quarto à casa para que lá ela e eu, mãe e filha, morássemos e morrêssemos. E de agora em diante eu tinha que permanecer viva.

Não sei quanto tempo se passou depois. Só sei que anoiteceu e não ouvi quando o patrão voltou do trabalho. Eu não tinha acendido as luzes, não tinha preparado o jantar, não tinha posto a mesa e nem terminado de passar a roupa. O patrão entrou na cozinha, apertou o interruptor e uma luz muito branca endureceu as coisas que me rodeavam.

O que aconteceu?, disse ele com voz rouca.

Olhei para ele, isso foi tudo, mas ele entendeu que tinha acontecido algo ruim. Ele se aproximou, levantou a mão, apoiou-a no meu ombro e falou.

Sinto muito, Estela. Vai passar, não se preocupe.

Senti algo quente no estômago, aqui mesmo.

Sempre me incomodou que os outros pensassem saber mais do que eu, especialmente mais do que eu sabia sobre mim mesma. O que ele sabia sobre minha dor?

Apoiei a blusa na tábua de passar. Sei que era a blusa azul--petróleo, porque foi a única peça que eu passei o dia todo. De novo e de novo, a frente e as costas daquela blusa. Encontrei-a no lixo na manhã seguinte.

Sacudi os ombros para me livrar do peso daquela mão e tentei recuperar o rosto da minha mãe. As maçãs do rosto marcadas, os olhos pequenos, as manchas castanhas na testa, as sobrancelhas arqueadas e finas, os dentes quadrados, um pouco amarelados. Estiquei os punhos da blusa e continuei esmagando o tecido para baixo, para os lados, para fora.

Esperei que ele saísse, mas ele não se mexeu. Ainda não tinha acabado. Ele certamente me diria o quanto sentia. Ele me explicaria o ciclo da vida. Nascer. Crescer. Reproduzir-se. Morrer. Começaria com uma frase como "Vamos ver, Estela, deixa eu te explicar uma coisa". E me explicaria uma coisa. Aí me daria um dinheiro para o enterro. Quase pude vê-lo vasculhando a carteira, pensando na quantia apropriada, nem muito nem pouco. Algo digno, o suficiente para uma mulher como eu.

Nada disso aconteceu. Ele, que ainda estava ao meu lado, que me olhava, me pegou pelos ombros, se aproximou de mim e me abraçou.

Eu me calei na mesma hora. Minha mente também se calou de súbito e senti um ardor terrível na boca e atrás dos olhos.

Ah, não. Isso não podia ser a vida.

SENTI TUDO DEPOIS. Quando amanheceu, sentei à beira da cama com dor de estômago. Fiquei angustiada e pensei: algo terrível está prestes a acontecer. Então me lembrei da minha prima Sonia, da minha mãe enterrada, e pude ver a chuva perfurando a terra remexida do cemitério. Já tinha acontecido, entendem? O terrível, o horroroso já fazia parte do passado. E eu continuava naquela cama, naquele quarto, naquela casa. Eu estava viva naquela realidade que seguia adiante sem ela.

Quando entrei na cozinha, a patroa estava me esperando com uma xícara de chá.

Estela, querida.

Ela nunca tinha me chamado de querida antes. Ela falou para eu me sentar e me entregou algumas notas dobradas ao meio.

Vá pro Sul, disse ela.

E depois:

É importante passar esses momentos com a família.

Olhei para o dinheiro nas minhas mãos e contemplei toda a viagem:

Quadras e mais quadras até o ônibus.

Dois ônibus até o metrô.

Do metrô até o terminal.

A longa fila na bilheteria.

Catorze horas com a testa colada no vidro do ônibus.

Uma balsa para atravessar o canal.

Um ônibus.

Dez minutos caminhando pela lama.

Bater na porta, bater na porta e ninguém abrir.

Obrigada, eu disse. É melhor eu ir mais pra frente.

Ela me aconselhou a tirar o dia de folga.

Descanse, Estela. É importante descansar.

Era importante descansar. A família era importante.

Voltei para o quarto, fechei a porta e lembrei-me do envelope de papel. Sentei-me na beirada da cama, descolei as bordas cuidadosamente e o sacudi de cabeça para baixo no colchão.

Do interior, caíram as mãos da minha mãe.

Ela usava aquelas luvas de couro todos os invernos. Podia usar jeans esburacados, uma jaqueta velha, mas aquelas luvas pretas elegantes. Minha avó tinha lhe dado para que ela não passasse frio. Porque a lã ficava molhada. Porque as mãos rachavam. Foi um presente que lhe deu pouco antes de morrer. Coloquei as luvas sobre a colcha e as arrumei lado a lado. Os dez dedos apontavam para mim, como se ela estivesse sentada na frente e as pontas dos meus dedos roçassem os seus.

A primeira parte do corpo que é herdada são as mãos, vocês já repararam? Olhem para as suas se não acreditam em mim, examinem suas unhas, as cutículas, o formato dos dedos. A princípio, pode não ser óbvio. As mãos jovens nunca se assemelham às mãos da mãe velha. Com os anos, no entanto, a semelhança é inegável. Os dedos se alargam. As pontas se torcem. Aparecem manchas idênticas àquelas que antes cobriam as mãos da avó, as adoradas mãos da mãe. Quando eu tinha quinze anos, já as tínhamos do mesmo tamanho. Eu punha minha palma contra a dela e nossas unhas chegavam no mesmo contorno. Seus dedos grossos e fibrosos, contorcidos pelo trabalho, as veias salientes sob a pele, os dorsos cheios de nós e minhas mãos ainda delicadas, ainda macias. Olhei para minhas mãos, suas luvas, e pensei: a mãe morre e deixa suas mãos nas mãos da filha.

Calcei a luva esquerda, depois a direita. Cabiam perfeitamente em mim; nem uma ruga nas costas, nem um espaço na palma da mão. Deitei-me na cama e apoiei suas mãos sobre meu peito. Naquele momento, lembrei-me da figueira. Seus frutos pretos no chão. Esta tinha sido a advertência: a morte vem sempre de três. Minha mãe, agora, era a primeira do trio. Faltavam duas. E desejei que a próxima fosse eu.

MEU SILÊNCIO COMEÇOU depois da morte da minha mãe. Não foi intencional. Também não foi um castigo. Um labirinto, talvez, se vocês precisam defini-lo, e depois que eu estava lá havia muito tempo, já não pude encontrar a saída.

Eu estava fritando uma tortilha quando a patroa entrou na cozinha.

Estela, perguntou, onde estão os fósforos?

E eu passei os fósforos para ela.

Vamos fazer frango com ervilha.

E eu cozinhei frango com ervilha.

Troque os lençóis da Julia.

E coloquei lençóis limpos.

Certa tarde, uma meia apareceu na mesa da cozinha. Ao seu lado, a caixa de costura. Dentro da caixa, agulha e linha. Enfiei a agulha, costurei o buraco, devolvi a meia à gaveta. Quem precisa das palavras?

A Yany já não me fazia companhia, eu não tinha mãe a quem telefonar e isso abria um silêncio tão profundo que qualquer frase não passava de ruído. Parei de atender ao telefone. Parei de responder à patroa. Parei de cantarolar músicas enquanto

161

passava o pano com lustra-móveis. E parei de falar com a menina. Nem uma única frase, nem uma mísera afirmação.

Não sei quanto tempo durou meu silêncio. E digo silêncio sabendo que é uma imprecisão, mas que será mais fácil vocês o entenderem dessa forma. Para escreverem nas suas anotações: "ela diz que ficou em silêncio". Ou perguntem à patroa: "Sua empregada ficou em silêncio?". A patroa, então, lhes dirá: "Não me lembro de nenhum silêncio". Porque duvido que uma mulher como ela reparasse num silêncio como o meu.

Há uma ordem nas palavras, não sei se vocês já perceberam. Causa-consequência. Começo-fim. Não pode ser qualquer ordem. Para falar, cada palavra deve manter uma distância da anterior, como as crianças enfileiradas em frente à porta da sala de aula. Das pequenas às grandes, das baixas às altas, as palavras exigem certa disposição. No silêncio, por outro lado, todas as palavras existem ao mesmo tempo: suaves e ásperas, quentes e frias.

Comecei a notar algumas mudanças, embora certamente ninguém mais as tenha notado. Quanto mais eu me calava, mais poderosa se tornava minha presença, mais nítidos eram meus limites, mais significativos eram os gestos do meu rosto. Então, algumas semanas se passaram. Escrevam nos seus documentos "várias semanas" ou "um número indeterminado de semanas"; já lhes disse que não é fácil ordenar essa época. Eu só fazia, não falava. Ou eu não fazia, e não fazer era outra maneira de falar: não limpar os aventais, não passar o espanador, não despejar cloro na piscina e ver a água tingir-se cada vez de um verde mais escuro.

Também entendi que no mundo não há palavras para tudo. E não estou falando de morrer ou viver, não estou falando de frases como "a dor não tem palavras". Minha dor tinha palavras, mas enquanto limpava o fundo do vaso sanitário, enquanto esfregava o lodo da banheira, enquanto cortava uma cebola, não pensava mais com palavras. O fio que unia as palavras e as coisas havia sido desatado e restara o mundo, nada mais. Um mundo desprovido de palavras.

Mas isso, é claro, é uma longa digressão. Risquem esta página inteira, também a anterior. Vocês provavelmente querem saber se matei a menina ou se fui eu que plantei essa ideia na cabeça dela. Sublinhem isso com lápis vermelho: a menina se afogou. E, no entanto, ela sabia nadar. Já contei como ela aprendeu na piscina com o pai. Perguntem ao patrão, à patroa; ela sabia nadar como uma profissional. Expliquem-me como é possível que ambas as afirmações estejam corretas; como há uma realidade onde ambos os fatos são verdadeiros? Defendam vocês as palavras. Vocês, os que riscam parágrafos, os que se escondem atrás desse espelho.

AS COISAS, NAQUELES DIAS, começaram a falar por mim. Não havia acima ou abaixo. Antes ou depois. Sem palavras, o tempo fica sem início, entendem? E é quase impossível contar o que não tem começo. A fervura da água era meu relógio, o fogo foi fogo sem seu nome e a poeira continuou a delinear os contornos das coisas.

Ah, não. Assim vocês não vão me entender. Vou tentar de outra forma.

Quanto mais dias se passavam, mais o silêncio se afundava na minha garganta e minhas palavras endureciam. Estava cheia de novos pensamentos e perguntas. Se, por exemplo, as coisas mudariam ao perder seus nomes, ou se era possível se transformarem ao ganhá-los. Dizer patroa, ama, dizer chefa, proprietária. Dizer empregada, babá, servente, criada. Ou negar-se, sabem? Isso, sem dúvida, transforma as coisas.

Sem saber, sem planejar, me treinei. Acho que só entendo agora, só nesse momento faz sentido ter passado tanto tempo vendo aquela estranha varrer o chão, jogar fora as ameixas estragadas, limpar o balde, limpar os vidros, recolher os cabelos no banheiro. Treinei como os atletas treinam para suportar a dor, como nos treinam, você e eu, para desprezar uns aos outros. E treinando a mim mesma, treinei-a também.

A que passava.

A que regava.

A que preparava o frango ensopado.

A que limpava as crostas de cocô na cerâmica do vaso sanitário.

E recolhia os pelos presos na boca aberta do ralo.

E passava calças e cuecas e o próprio uniforme.

E esfregava os espelhos com sua enorme luva amarela.

E ficava desconcertada ao ver nele seu reflexo: o rosto cansado, a pele ressecada, os olhos vermelhos pelo cloro.

Aquela mulher que soube se tornar indispensável.

Aprendeu a trançar o cabelo da menina.

Aprendeu a anotar os recados do médico.

A não dizer sovaco, mas axila.

A não dizer tinha chego, mas tinha chegado.

A devolver as facas à gaveta de facas.

As colheres à gaveta de colheres.

E as palavras à garganta, de onde nunca deveriam ter saído.

CALAR NÃO ME CUSTOU MUITO. A Yany não vinha mais, meu celular não tocava mais, a voz da minha mãe e as perguntas dela não existiam mais. E a mim, os patrões quase não faziam perguntas. Ou não o tipo de perguntas que exigem uma resposta.

Era a segunda vez que eu perdia a fala, embora perder também não seja a palavra certa. Quando minha mãe me levou para o internato, antes do episódio do *charquicán*, peguei pneumonia por não comer, por não me alimentar direito. Foi o que disse a madre superiora quando ouviu o chiado no meu peito: você tem que comer, María Estela, você tem que se alimentar direito. Às vezes, acho que eu queria ficar doente. Preferia morrer a ficar presa naquele inferno ouvindo aquela freira me chamar de María Estela todas as manhãs.

Primeiro senti uma vibração nas costas, um cansaço súbito e, de um minuto para o outro, não conseguia mais falar.

Porque era mimada, porque era teimosa, porque era uma pirralha de merda, disse a inspetora, e apesar da febre, ela não me deixou ficar deitada na cama.

Não respondi a ela. Mal conseguia respirar. Sentia que minha cabeça estava pesada e minhas costelas queimavam. A febre aumentou. Fiquei pálida. Piorei. Elas se resignaram e, no final, ligaram para minha mãe. Ela me esperou lá embaixo, vestindo seu próprio uniforme quadriculado. Ela me viu e, quando estava pronta para me repreender por lhe trazer problemas, por não deixá-la em paz, pôs a mão na minha testa e me levou com ela para a casa onde trabalhava de sol a sol.

Podem ir vê-la vocês mesmos; estou falando da mansão onde ela trabalhava, não da minha mãe morta. Uma casa de vários andares numa esquina de frente para o mar. Antes de entrar, minha mãe pediu para que eu me comportasse bem, que pelo amor de Deus eu não fizesse barulho.

Ela me levou para um quarto ligado à cozinha. Era pequeno, esse quarto: uma cama, uma mesinha de cabeceira, uma cômoda, coisas assim. Deitei-me e ela pôs um pano frio e úmido na minha testa. Aí eu vi que, da porta, uma menina estava espiando a gente. Ela tinha sete ou oito anos, vários anos mais nova do que eu, e usava um vestido rosa e uma longa trança embutida. Uma trança penteada pela minha mãe, fio a fio.

Seus pais eram donos de um restaurante, eu já lhes contei isso? Chamava-se O Amanhã. Às vezes, minha mãe também o limpava nos fins de semana e dizia, desanimada: no domingo, tenho que limpar O Amanhã. Eu ria e ela ria um pouco depois. Mas mudei de assunto de novo, que importância tem O Amanhã?... Minha mãe tirou meu colete e me cobriu com uma toalha seca.

Você está encharcada, disse ela, e o contato com aquele tecido me machucou.

Então ela esfregou meu peito com uma pomada mentolada e apoiou em cima, bem no centro, um toquinho de vela acesa. O fogo subia e baixava com minha respiração, e eu o via se erguer e afundar, como se o Sol se levantasse e afundasse a cada respiração. O cheiro de fumaça e hortelã me acalmou.

Nesse momento apareceu a patroa, a chefe da minha mãe. Ela deve ter lhe dito:

O que você está fazendo, sua ignorante? Você vai queimá-la viva.

Ou talvez fosse apenas um olhar de aborrecimento ou nojo daquela menina confeitada, besuntada em hortelã. A mulher entrou, tirou a vela e me entregou dois comprimidos e um copo d'água.

Pode tomar sem água, ordenou e saiu do quarto.

Minha mãe não falou na presença dela, mas tive a impressão de que seu silêncio foi uma espécie de grito. Eu, deitada ali, também não falei nada, o que eu ia falar para ela? Mas quando a patroa saiu, cuspi os comprimidos, e minha mãe, vendo-os desfeitos na minha mão, me deu um beijo na testa e sorriu para mim.

Acordei revigorada, minha voz voltou e perguntei para minha mãe se eu poderia ficar com ela naquela casa, brincar com aquela menina, morar com aqueles pais, comer aquela comida. Era seca, minha mãe. Uma mulher de poucas palavras.

Fedelha de merda, ela disse, e me levou de volta para o internato.

ÀS VEZES, ME PERGUNTO o que eu teria dito se tivesse falado e se isso, falar, teria evitado a tragédia. Vocês certamente acham que sim. Devem ser o tipo de pessoas que tem confiança nas palavras. Acham que é melhor desabafar e sentar-se e discutir as diferenças: a diferença entre o sindicato e a patronagem, entre empregados e empregadores, entre aquela outra garota e eu.

Entreguei-me muda ao dia a dia e perdi a vontade de falar. Com quem? Para quê? Já que a Yany não estava mais lá, já que minha mãe não existia mais. Enquanto isso, a rotina, repetidamente: tirar o lixo alheio, aspirar tapetes alheios, limpar espelhos alheios, esfregar roupas alheias.

Vocês já enfiaram as mãos no cesto de roupa suja? Afundaram os dedos no matagal de braços e pernas que se amontoa no fundo? Todas as sextas-feiras era a vez de esvaziar o cesto dos patrões e ver que lá embaixo seus corpos se amontoavam outra vez: manchas marrons nas cuecas, manchas brancas nas calcinhas, meias úmidas e pretas. Juro que, às vezes, quando abria a tampa, parecia ouvir seus gritos.

Para evitar duas idas à lavanderia, encostava todas as roupas no peito e carregava seus corpos abraçados, avinagrados de suor, endurecidos pela sujeira. E andava com o patrão, com a patroa, com a menina a reboque pelo corredor. Depois, deixava-os em cima da máquina de lavar e iniciava a separação: o tronco da patroa à esquerda, os seios à direita, as pernas à esquerda, os pés à direita. Brancas e coloridas, separadas. Poliéster e algodão, separados.

Um tecido é capaz de guardar muitos segredos, não sei se vocês já pensaram nisso. Os joelhos desgastados por desabar repetidas vezes no chão, a virilha abrilhantada pelo esfregar das coxas muito grossas, os cotovelos marcados por horas e horas de tédio. Os tecidos não mentem, não fingem: onde se gastam, onde se rasgam, onde se mancham. Há muitas maneiras de falar. A voz é apenas a mais simples.

Mas isso sim é um desvio, apenas verborragia. Às vezes me pergunto que ideias passam pela cabeça de vocês, se transcrevem o que eu digo ou se estão esperando o que querem ouvir. Que lhes diga, por exemplo, que os patrões eram bons para mim. Que eu recebia pontualmente todo fim do mês. Que eu preferia me manter ocupada: rastelar as folhas, fazer geleia, coisas e mais coisas para que a vida acelerasse. Ou talvez esperem ansiosamente que eu lhes conte outra história: a da empregada que chegou à mansão aos quinze anos, que adorava o filho mais velho, aquele que lhe puxava os cabelos e lhe fazia cócegas. Essa história é triste, claro. Porque um dia o menino cresce e encurrala a empregada na cozinha e enfia a língua na boca dela. Ou porque uma noite ele entra no sótão, passa sorrateiramente pela porta, enfia os dedos entre as pernas dela e vai abrindo caminho até dividi-la em duas.

Nada disso aconteceu comigo. Em Chiloé trabalhei num supermercado, numa empacotadora de mexilhões, vendendo jornais numa esquina e só no fim, aos trinta e três anos, decidi tentar a sorte em Santiago. Mas me desviei do assunto de novo, ainda tenho dificuldade em enfileirar minhas palavras.

Eu estava sozinha na cozinha limpando as gavetas da geladeira: o compartimento dos ovos, a prateleira do leite, a gaveta dos legumes, quando ouvi um estalido. Soou assim: *pssst, pssst* e depois parou. Ignorei, mas começou de novo: *pssst, pssst, pssst, pssst*. Vinha de fora.

Deixei a limpeza da geladeira pela metade e me aproximei da janela que dava para a entrada. Atrás da cerca, de macacão, estava Carlos acenando com a mão e, aos pés, quieta, a minha Yany sentada nas patas traseiras.

Senti meus olhos se arregalarem e meu coração disparar. A cadela varria o chão com o rabo, e Carlos se empinava nos sapatos para espiar dentro de casa.

Pensei que devia ser uma aparição, um fantasma da Yany, mas a cachorra que eu achava estar morta me observava do portão com seus olhos doces e arredondados. Pensei imediatamente na minha mãe. Que ela também poderia aparecer do outro lado da cerca, tão viva quanto aquele animal ou tão fantasmagórica quanto ela. Esse pensamento me entristeceu, mas a dor foi breve. Carlos, assim que me viu, deu um empurrãozinho na cachorra para que ela passasse entre as grades. E ela, sem hesitar, lhe obedeceu.

Aqui está ela, disse Carlos.

E depois:

Sempre volta.

Ele sorriu para mim e eu sorri de volta. Lembro-me bem porque me pareceu um gesto estranho ao meu rosto. Aquele rosto sorria porque a cadela tinha voltado. A vira-lata de merda com sua pata saudável estava atravessando o jardim e correndo na minha direção.

Saí ao seu encontro e ela imediatamente pulou em cima de mim. E acariciei sua cabeça suja e suas costas cheias de grenhas por muito tempo. Mais tarde, como se nada tivesse acontecido, atirou-se sob o batente e me fez companhia. E quando a menina estava prestes a voltar, a Yany foi embora sem reclamar. Eu não cometeria o mesmo erro. Não contaria para a menina.

Sht, eu lhe disse à tarde, e ela se esgueirou em direção à saída.

ÀS VEZES, PENSO QUE O REGRESSO da Yany precipitou o fim. Que aqueles dias com ela foram a última advertência.

Não sei se cheguei a pensar nisso. Eu estava guardando a louça limpa da noite anterior: as taças com as taças, os pratos com os pratos, quando senti uns olhos na minha nuca. Deviam ser umas seis e meia da manhã, ainda não dava para ver o sol atrás da montanha, e o patrão tinha acabado de chegar do seu turno na clínica. Raramente pegava o horário da noite, mas lá estava ele, na cozinha: os pés um pouco afastados, os braços caídos de ambos os lados, o jaleco desabotoado e uma careta distorcida.

Caminhou sonolento até a despensa e pegou uma garrafa de uísque. Ele não bebia, como já falei, o uísque era para os convidados. Havia apenas um restinho e também não era hora de beber. Ele devia ir se deitar, dormir, acordar ao meio-dia, reclamar do cansaço, dos pacientcs, do calor, da comida, mas despencou na cadeira e se serviu do que seria o primeiro copo.

Meu turno terminou às duas, disse ele.

Fiquei em dúvida se ele estava falando comigo. Ele quase nunca falava comigo. Uma ordem, uma instrução, mas nunca uma frase como essa.

Já haviam se passado quatro horas desde as duas da manhã. Do lado de fora, o grito dos papagaios soava como um alarme, mas ele continuou, como fazem as pessoas acostumadas a serem ouvidas até o fim.

Nunca tinha feito isso antes, foi o que disse o patrão. Nem sequer tinha pensado nisso, mas a viu na rua e foi como se deixasse de ser ele mesmo.

Eu queria que ele se calasse imediatamente. Em meia hora a menina acordaria, e eu não tinha tomado meu café da manhã nem terminado de guardar os copos com os copos, as taças com as taças.

Ele disse que tinha sido um dia como outro qualquer, mas quando estava dirigindo de volta para casa sentiu um tédio, essas foram suas palavras: um tédio que o mataria. Que então ele viu aquela mulher numa esquina e, sem pensar, parou o carro.

Eu estava com um prato na mão, limpo, seco. Um prato que, se eu soltasse, cairia no chão da cozinha, acordando a patroa e a menina, mudando o rumo dessa história.

Se pudesse voltar no tempo, eu continuaria meu caminho, disse o patrão, mas a mulher abriu a porta e o cumprimentou com uma familiaridade constrangedora. Ele se perguntou se a conhecia, uma paciente, talvez, mas não conseguiu encontrar o rosto dela na memória. Ela, por sua vez, disse que conhecia um lugar discreto e lhe indicou onde estacionar, qual quarto escolher.

Eu ainda estava imóvel no meio da cozinha, tão envolvida com aquela história quanto vocês estão com a minha, mas com um prato limpo que eu precisava guardar. Um prato subitamente pesado. Tanto que meus dedos não aguentavam, não suportavam aquele peso e logo, muito em breve, o deixariam cair.

O patrão ficara ao pé da cama sem saber o que fazer, o que dizer àquela mulher, como tocá-la, como se aproximar, e talvez por isso tenha cravado os olhos no único quadro na parede.

Uma foto de um deserto, disse ele. Um deserto rachado pelo sol. Não sei por que ele achou importante mencionar aquela foto. O que as rachaduras do deserto tinham a ver com a mulher, com seu tédio, com o que logo aconteceria. O patrão encheu novamente o copo de uísque, segurou a cabeça com uma das mãos e com o dedo indicador da outra mexeu o líquido amarelado. Nunca o vira assim. A pele lívida, olheiras violáceas, olhos injetados de sangue. Como se tivessem apodrecido, pensei. Como se a podridão tivesse se instalado nos seus olhos.

Ele disse que a mulher havia se deitado de costas na cama, fingindo uma experiência que não tinha. Sentei-me ao lado dela, ele disse em seguida, e deslizei uma mão pela sua perna até chegar por baixo da sua saia.

Eu me perguntei por que esse homem estava contando aquela história para mim, para a empregada com quem ele raramente falava, e pensei em interrompê-lo, dizendo-lhe: basta. Mas meu silêncio endureceu e ele continuou como se não pudesse mais parar.

Ela estava sem calcinha, essas foram as palavras do bom doutor. E deixou-se tocar, desconfortável, embora só por um instante. Depois, fechou as pernas e mandou que ele pagasse primeiro.

Percebi que não podia detê-lo. Falo do patrão, da história do patrão. Eu não podia mais deixar de ouvir o que aquele homem estava prestes a dizer. Era eu, ou melhor, meu silêncio, que o sustentava. Como se cada palavra minha não dita abrisse caminho para as dele.

Ele perguntou quanto, exatamente quanto deveria pagar, e a mulher respondeu: tudo, me pague tudo. Ela disse outra coisa depois. Com uma voz rouca e seca, uma voz cheia de desprezo, o patrão pensou ter ouvido uma instrução: pegar um bisturi, enfiá-lo na bochecha e tirar a própria língua por ali.

O patrão não tinha um buraco na bochecha, sua língua ainda estava dentro da boca, mas o rosto podia despencar sobre a mesa e eu teria de pegá-lo e guardá-lo numa gaveta: as toalhas de mesa com as toalhas de mesa, as facas com as facas, os rostos com os rostos.

Sentado à beira da cama, o patrão ficou em silêncio. Ou pelo menos foi o que ele me disse. Mas era outro silêncio, muito diferente do meu. Ele disse que sentia o buraco na bochecha, a língua dormente, a boca seca, e que lhe passou todo o dinheiro que tinha na carteira. A mulher guardou e falou.

Nunca mais nos veremos, avisou. Daqui a vinte ou trinta anos você vai duvidar se isso aconteceu, se eu existi, se você sentou nesta cama e esvaziou a carteira. Agora me conte seu segredo, vamos lá. Eu vou guardá-lo.

Olhei para ele, falo do patrão, e tudo o que eu queria era que ele se calasse. Que ele fosse para a cama e adormecesse e acordasse como tantas outras vezes e fosse correr e tomasse café da manhã e observasse sua infelicidade no espelho.

Ele deve ter visto meu desespero e por isso me olhou daquele jeito, com os olhos irritados, mas curiosos, como se me olhasse pela primeira vez. Eu estava naquela casa havia sete anos, e nessa manhã, com o sol espreitando a montanha, aquele homem levantou os olhos e já não conseguiu deixar de me ver. Olhei para ele também e me perguntei se teria que pagar por ter sido testemunha da sua fraqueza. E qual seria o preço, quão alto, quão caro.

Disse que ele tinha vinte e quatro anos.

Primeiro eu não sabia do que ele estava falando. Então entendi que o segredo havia acontecido há vinte anos e que agora sua empregada doméstica teria que ouvi-lo. Era para isso que ele pagava uma empregada discreta, muda. Um verdadeiro túmulo.

Faltava apenas um mês para terminar a graduação e seu orientador lhe dissera que confiaria a ele esse caso difícil, uma paciente delicada que requeria uma avaliação criteriosa. Ele se encaminhou até o quarto que lhe foi designado, passou por fileiras e fileiras de camas de ferro e viu que num canto, no final, sua paciente estava agonizando.

Não consigo me lembrar do seu nome, disse o doutor, e então levou a palma da mão até a testa, como se tentasse acomodar o rosto à estrutura dos seus ossos.

Ele foi até a maca e achou que estivesse vazia.

De tão magra, disse ele.

De tão insignificante.

Ao pé da cama estava o prontuário, que ele leu atentamente. Avaliou se precisava de outros medicamentos. Calculou sua idade, sete anos. Odiava esses casos. Nunca entendeu os pediatras. Só então ergueu os olhos e a viu.

A pele do rosto dela era tão pálida que era possível ver os capilares.

Ele usou essa palavra, o patrão. Disse a palavra capilares e apalpou com a ponta dos dedos a pele flácida das suas olheiras, como se pudesse tocar a pele daquela menina na memória.

Ela estava morta, foi o que ele disse.

Não havia o que fazer.

Ele se serviu de outro copo de uísque, e vi que a garrafa tremia na mão dele. Na minha, o prato começava a deslizar pelo suor.

A mulher do motel tocou a coxa dele e arrastou sua mão para cima.

Já passou, ela lhe disse e pegou o zíper da calça.

Abriu, tocou-o e disse a ele:

Vou guardá-lo, o.k., vou guardar seu segredo.

O patrão voltou a falar:

Quando terminou, subi o zíper e me levantei.

Notei sua voz enrolada pelo uísque e só queria que ele se calasse, queria quebrar aquele prato no chão, observar as lascas de porcelana se espalharem pela cozinha.

Ele não me contou o fim da história, estou falando do patrão, do doutor, do bom pai de família. Não sei se ele a contou para a mulher do motel. Se por acaso ele disse ao orientador que a menina estava morta, que ele não podia fazer nada. Eu também não entendia por que era um segredo. Quando ficou sem uísque no copo, levantou-se e disse:

Às vezes, sonho com aquela menina. Às vezes, vejo seus olhos sem fundo nos olhos escuros da Julia. Na palidez da Julia. No desespero da minha própria filha.

Encheu o copo uma última vez.

O que você vê?, foi isso que ele me perguntou.

O patrão olhava para mim com o rosto prestes a desprender do crânio e me perguntou o que eu via. O que sua empregada via no rosto desfigurado do patrão. Ele também havia perguntado à mulher do motel. Depois de lhe contar seu segredo, perguntou-lhe o que via. E ela, com uma voz impostada, disse:

Um homem sensual.

Ele a interrompeu. Pediu-lhe que dissesse a verdade. Agarrou-a violentamente pelo braço. Depois de hesitar, ela falou:

Pura casca, disse ela.

Nisso estava certa.

Ficou calada. O patrão me disse que viu o medo brotar nos olhos dela. Conheço bem o medo, disse ele, e deixou claro que não tocaria nela.

Deitou-se na cama, de repente tonto. Parecia-lhe que as paredes estavam rachando e o ar estava repleto do cheiro rançoso daquele velho hospital. A mulher perguntou-lhe o que estava acontecendo. Ele pensou que estava tendo um ataque de pânico, mas esse pensamento só o esmagou com mais força contra a cama. Os pulmões se fecharam. As mãos começaram a tremer. Sentiu que ia morrer. Lá, naquela cama, naquele hotel decadente, encontrariam seu cadáver. Virou para a mulher e com muito esforço conseguiu falar. Ele implorou que ela o distraísse, que lhe contasse uma história para esquecer o rosto daquela criança, aqueles olhos cravados nos seus, aqueles olhos pretos já sem brilho, os da sua filha, sua preciosa menina, enterrados no rosto daquela menina morta.

Ela, primeiro, não soube o que dizer. Em seguida, disse a ele que estava no último ano da faculdade. Que precisava saldar a dívida dos cinco anos de curso. Ele a ouviu e pediu que ela lhe contasse algo que havia aprendido naquele dia. Era o que ele exigia todas as noites da sua linda filha, da sua Julia que naquela manhã ainda estava viva, dormindo e viva na sua cama.

A mulher ficou calada.

Por favor, ele implorou.

Ela se levantou, ajeitou a saia, pegou a jaqueta e a bolsa.

O que define uma tragédia, disse a mulher, é que sempre sabemos o fim. Desde o início sabemos que Édipo matou o pai, que fez sexo com a mãe e que vai ficar cego. No entanto, sabe-se lá por quê, continuamos lendo. Continuamos vivendo como se não soubéssemos qual vai ser o fim.

Senti minha garganta rachar. O patrão segurava a cabeça para que ela não rolasse aos seus pés.

Pediu-me que lhe trouxesse mais uísque, a garrafa estava quase vazia. Peguei uma nova na despensa, levei-a até o copo e vi aquele líquido dourado cair da garrafa. Encher um copo nunca demorou tanto. O tempo nunca tinha estagnado tanto como naquela manhã.

E qual é o fim?, foi o que o patrão perguntou à mulher no motel.

Vocês, claro, já sabem o fim. Estou falando de vocês, claro, do outro lado do vidro, sentados como se fosse possível ficar quietos diante de uma história como essa. Não finjam que não me veem. Não se façam de desentendidos. Já sabem o fim, mas ele ainda não sabia.

Eu roubo seu dinheiro e vou embora, ela responde.

O patrão assente.

Então você fica aí, deitado, e ri com uma gargalhada estrondosa que devolve o ar aos seus pulmões.

O patrão volta a assentir.

Uma vez recomposto, você se levanta, entra no banheiro, molha o rosto e, quando se vê, quebra o espelho com um soco. Você se vê refletido no espelho quebrado, então arranca a porta do armário de remédios e com o vértice mais afiado da madeira quebra a pia em dois pedaços. A destruição te tranquiliza. Sua força te tranquiliza. Por um momento você se sente bem. Você se sente poderoso. Você não percebe o corte no pulso até chegar em casa, sentar à mesa da cozinha e falar sem parar com sua empregada. Aí você fica bêbado na frente dela, bebe tudo o que seu corpo aguenta, e vai para a cama sem curar a ferida que já mancha de vermelho o tecido branco da sua camisa de bom doutor.

O patrão levantou-se e cambaleou para dentro do corredor. Lá fora, havia amanhecido. A mancha vermelha se estendia do punho ao cotovelo. Não seria possível tirá-la, mesmo que eu a deixasse de molho o dia todo.

Então?, ele pergunta de novo.

Primeiro você vomita, você se força a vomitar. Uma vez na cama, você cola seu corpo ao corpo da sua esposa. Mas você não a toca, não. Você nunca mais vai tocá-la.

Esse não pode ser o fim, ele diz à mulher que está prestes a sair do quarto. Você disse que se tratava de uma tragédia.

Faça a pergunta, ela responde enquanto pega todos os cartões, todas as notas, todos os documentos da carteira dele.

Faça a pergunta, ela repete, e sem esperar por essa pergunta fecha a porta às suas costas.

Não sei a pergunta. Ele também não a repetiu na cozinha. Acho que não importa quando já sabemos a resposta. O patrão me encarou, mal conseguia ficar de pé. Seus olhos afundados nas próprias lágrimas, o uísque correndo nas suas veias.

Sabe qual é a tragédia, Estela?, essa foi a última coisa que ele falou.

Do corredor, ao longe, soou o despertador. Eram sete horas da manhã.

Aqui começa a tragédia.

O PATRÃO FICOU NA CAMA naquele dia. Ele disse à esposa que estava com febre, que a tosse o levava a se engasgar, e se trancou no quarto para assistir ao noticiário. Na hora do almoço, ele me chamou e pediu que eu lhe preparasse um consomê. Fiz o impossível para não olhar para ele, meus olhos cravados na televisão. Uma vendedora ambulante gritava de dentro de uma viatura policial. Tenho oitenta anos, dizia. Não tenho dinheiro, tenho que trabalhar, não levem minha mercadoria. O patrão segurou a bandeja com força quando me aproximei. Ele me olhou com receio, entendi, temia pelo seu segredo. Soltei a bandeja, voltei para a cozinha e as horas se passaram como sempre: lavar a louça, secar a louça, guardar a louça, começar de novo.

Naquela noite, fui para a cama especialmente cansada, mas não consegui dormir. Estava com medo que o patrão faltasse ao trabalho de novo e se deparasse com a Yany na lavanderia. Além disso, estava assombrada pelas suas palavras, pela tragédia, pelo seu segredo, mas me repetia: Estela, o que mais pode acontecer?, sem saber que tudo aconteceria de forma atropelada, que a vida fica parada por longos anos e depois se desforra em poucos dias.

Eu não estava dormindo, só cochilando, quando ouvi o grito e uma voz rouca. Demorei a reconhecer de quem era. Aquela voz soava acovardada, mas finalmente a reconheci. A voz do patrão dizia:

Levem tudo. Tudo.

Não podia ser. Fiquei absolutamente imóvel. Era de noite e os objetos estavam envoltos em escuridão. Eu também, minha voz também permanecia no escuro e por isso estávamos a salvo. O patrão repetia, cheio de medo:

Tudo. Levem tudo.

Ao fundo, o pranto intermitente da menina, o silêncio retumbante da patroa, e os dois homens, porque eram dois, gritando fora de si.

Passa o dinheiro, arrombado.

Onde é que tá a grana, seu puto arrombado.

Os celulares, riquinho do caralho.

Não havia dinheiro naquela casa. Não mais do que o que eles, o patrão e a patroa, guardavam na carteira.

Larga as joias, sua cadela.

Os cartões.

Os diamantes.

Para de chorar, sua pirralha de merda.

Fica quieta, pentelha arrombada.

Gritona arrombada.

Metidinha arrombada.

Eu vou te foder se tu não calar essa boca.

Esperei que eles saíssem, que as vozes se afastassem, mas isso não aconteceu. Ouvi que entravam na cozinha, vasculhavam as gavetas, abriam os armários. Eu podia ouvir minha própria respiração, inspirando, exalando. Um batimento, outro. Até que a porta do quarto deslizou e a luz da cozinha, de chofre, entrou e bateu no meu rosto.

Não me mexi. Fingi estar dormindo, morta, coberta como estava até o pescoço. Então uma mão agarrou meus cabelos e os puxou com violência. Saí da cama, confusa. Não assustada, isso não, meu coração ainda batia devagar, mas me espantei quando vi a máscara na minha frente. Uma máscara preta, sem nariz, sem boca, dois furos e nada mais, para aqueles olhos cansados.

O homem tremia incontrolavelmente, os dentes se chocavam dentro daquela máscara, e ele piscava rápido, como para acordar a si mesmo daquele pesadelo. Ele puxou meus cabelos para a frente e para trás, fora de si. Ouvi as mechas se desprenderem do meu couro cabeludo. Então ele chegou bem perto do meu rosto, como se duvidasse do que via. E vi a tristeza naqueles olhos e num sussurro ouvi sua voz.

Me dá a sede.

Foi o que ele disse. Ou é isso que acho que ele disse.

Ele estava sozinho ali, sozinho comigo, enquanto o outro homem quebrava todos os pratos, todos os copos, todas as travessas que eu teria de varrer cuidadosamente para que os pés do patrão, da patroa, os pés delicados da menina não se cortassem e se enchessem de feridas e sangue. Olhei nos olhos dele, que eram a única coisa que continha aquele rosto. Ele voltou a falar.

Me dá a sede, repetiu.

Não sei por que naquele momento me lembrei da minha viagem a Santiago, do ar viciado e quente do ônibus e do menino que subiu em Temuco e não fechou os olhos a noite toda. Olhos grandes e pretos igualmente tristes e cansados. Minha mãe havia me avisado para não sair da ilha, para ficar no campo, que a pobreza no Sul era preferível, que seria difícil, quase impossível, parar de trabalhar como empregada. É uma armadilha, ela me disse. Você fica esperando por um golpe de sorte, e diz a si mesma, em segredo: esta semana eu vou embora, na próxima sem falta, o próximo mês é o último. E você não consegue, Lita, foi o que minha mãe me avisou. Você não consegue partir, você não pode dizer basta, você não pode dizer não, eu cansei, patroa, minhas costas doem, eu estou indo embora. Não é como trabalhar numa loja ou colher batatas no campo. É um trabalho que não se nota, foi isso que minha mãe disse. E ainda te acusam de roubar, de comer demais, de lavar a roupa junto com a deles na mesma máquina de lavar. E, apesar de tudo, Lita, o inevitável acontece. Você pega amor, entende? É assim que a gente é, filha, é assim que as pessoas são. Então não vá, me ouça. E se você for, não se apegue a eles. Você não precisa amar aqueles que mandam. Eles só se amam entre si.

Prometi a ela que voltaria em alguns meses com muito dinheiro. Que eu compraria para ela uma TV de tela plana, tênis tinindo de novos, duas vacas, três cordeiros. Que ampliaria a casa, faria outro banheiro, uma estufa. Ela negou com a cabeça enquanto eu falava sem parar. Ela me chamou de teimosa, de chucra, e se recusou a se despedir de mim no terminal. Ela me avisou para não voltar. Que nem fosse visitá-la.

O rapaz que estava no ônibus também viajava para Santiago. Seria segurança de um shopping. Nunca mais trabalharia nas serrarias. Tinha pena dos pinheiros e dos imensos carvalhos que ele próprio derrubava com a serra. Disse que voltaria em alguns anos cheio de dinheiro para Temuco e iria morar nas montanhas. Falou-me de um rio que nascia só na primavera e dos dois cavalos que seriam seus: Miti e Mota.

Eu olhava pela janela e acompanhava as pequenas ermidas que iluminavam a estrada. Depois de um tempo, começou a amanhecer e meus lábios racharam por causa do ar ressecado do Norte. Ele me ofereceu um gole de bebida e metade do pão com mortadela. Eu, apesar de não estar com fome, aceitei e disse: Miti e Mota. Ele sorriu, mas seus olhos permaneceram igualmente sérios. Quando chegamos a Santiago, ele desceu apressado e desapareceu no meio de uma multidão e percebi que não tinha perguntado seu nome. E no mundo existem dois tipos de gente: gente com nome e gente sem nome. E só a gente com nome não pode desaparecer.

Senti uma pontada no pescoço por causa do puxão do rapaz. Tentei me endireitar, para que ele parasse. Não consegui. Vi que na balaclava preta estavam gravadas suas maçãs do rosto, a curva acentuada da sua mandíbula e o relevo das suas sobrancelhas. Eu queria urgentemente ver o que estava por baixo daquela máscara. Quem era aquele rapaz. O que ele queria de mim.

Sem pensar, estendi a mão, toquei o tecido e, por baixo do tecido, aqueles ossos afiados. Ele ficou atordoado, manso, como se ninguém nunca o tivesse tocado. Então, pelo pescoço, comecei a levantar a balaclava. Era como arrancar uma crosta presa à pele do seu crânio.

Tirei-a e deixei-a cair ao lado dos pés dele e dos meus. Quase um menino, isso que ele era. Um menino e, no entanto, não era uma criança de verdade. Um ser que não tinha passado nem um segundo pela infância.

Ficamos assim por um bom tempo. Minha mão tocava seu rosto morno; meus dedos, seu queixo. Lá fora, o espatifar de vidros contra o chão me sobressaltou. O menino pareceu acordar, segurou meu pulso com força, se aproximou e disse no meu ouvido:

Abre a boca.

Minhas pernas e braços enrijeceram, meus dedos se crisparam. Rangi os dentes, cerrei os lábios. O que aquele homem queria? Quem era aquele homem?

Abre a boca, merda.

Senti frio. Um frio que mereceria outra palavra. O menino sussurrava. Ele não gritou comigo em nenhum momento. Falou-me baixinho, para ele, para mim, como um segredo. Era do meu tamanho, batia aqui em mim, aqui mesmo, mas muito mais magro. E aquele corpo insignificante, cheio de ódio, cheio de tristeza, também tremia. Aquele menino tiritava inteirinho.

Abre, abre. Abre a boca, merda.

Do outro lado da porta, na cozinha, ouvi o choro contido da menina e o silêncio da patroa e do patrão, que nada tinham a ver com meu silêncio. Estavam mudos, os dois, talvez mais calmos agora que o alvo era a babá de camisola, a babá paralisada, os olhos abertos, a boca fechada com força.

Filha da puta cuzona.

Assim disse o menino-homem.

E depois:

Abre a boca, merda, ou vou te meter um buraco na fuça.

Achei que ele ia me matar. Que muito em breve eu morreria. E esse pensamento foi tão estranho. Aquela ideia, de que o menino-homem enfiaria uma bala na minha boca, me tranquilizou. Lembrei-me da minha mãe, das suas mãos curtidas, da sua pele tão asseada antes de dormir, e pensei que na minha memória ela estava a salvo, estaria sempre a salvo, e que eu lhe faria companhia no lugar distante onde ela me esperava.

Então separei os lábios. Abri a boca. E olhei nos olhos dele, pronta para sentir o frio da pistola e depois nada, nada, nada nunca mais.

Olhei-o serenamente. Ele também olhou para mim. Nossos olhos se encontraram e senti as lágrimas rolando pelas laterais do meu rosto. O menino então se inclinou para trás, juntou saliva e escarrou na minha boca.

Escrava de merda.

Foi o que ele disse.

Aí saiu do quarto, pegou o outro cara pelo braço e foram embora da casa.

A POLÍCIA CHEGOU depois de algumas horas. A menina descansava na cama dos pais, enrodilhada como quando era pequena, enquanto os demais conversavam em pé em torno da mesa de jantar.

Eles colheram o depoimento do patrão. Ele não disse que seus cartões haviam sido roubados na noite anterior ou que em sua carteira havia documentos com o endereço da casa. Ele também não disse que sabia quem poderia estar por trás do assalto. Ele não disse muito, mas a patroa falou pelos dois.

Quando acabou, temi ser obrigada a depor. Dizer que o menino-homem tinha os dentes da frente separados ou que suas comissuras se inclinavam para cima, como se ele ainda pudesse ser feliz. Nada disso aconteceu. Quando chegou o que parecia ser minha vez e eu me perguntava se conseguiria falar, se seria capaz de encontrar as palavras, eles leram para mim o relato da patroa. O policial mais velho me perguntou se aquela afirmação era verdadeira e, sem esperar minha resposta, estendeu o papel para eu assinar:

"Estela García, quarenta anos, solteira, empregada doméstica. Ela afirma não ter sofrido danos físicos durante o assalto. Subscreve conforme a declaração."

Então, sabe-se lá por quê, enfiou uma bolinha de algodão na minha boca e colheu minha saliva.

Uma ou duas semanas depois, a pistola apareceu. Foram semanas em que o patrão ficou obcecado com aulas de artes marciais, maneiras de matar com as próprias mãos, técnicas de autodefesa. Endurecer-se. Combater. Defender o que lhe pertencia. Felizmente não lhe ocorreu comprar um cão policial que afugentasse a Yany e optou pela simplicidade daquele revólver. Para meter uma bala no olho daquele delinquente desgraçado. Para que ninguém, jamais, causasse tanto medo ao doutor, ao patrão da casa que tinha se mijado na frente da filha, na frente da esposa, na frente da babá.

Eu estava fazendo uma faxina pesada. Sacudir os tapetes. Lavar as cortinas. Substituir as roupas da estação. De um armário para o outro. De uma gaveta para a outra. A Yany dormia na lavanderia depois de beber sua água e comer seu pão. Ela havia farejado a cozinha quando veio me cumprimentar, cada canto, cada móvel, como se aqueles homens ainda estivessem lá. A menina estava na escola. O patrão e a patroa nos seus empregos. Minha mãe continuava morta. Na televisão da suíte, alguns pescadores declararam greve. Não conseguiam mais encontrar cação ou corvina. Queriam que os barcos de arrasto fossem embora. Não deixam nada, dizia um, matam até as baleias. Vi uma baleia certa vez, sua barbatana preta na água. Pensei que fosse um pedaço de pneu, mas minha mãe me disse para esperar. Nada é o que parece, Lita, foi o que ela disse. Então, de repente, a baleia saltou.

Quando estava terminando de esvaziar o closet, outra vez perdida nas minhas recordações, notei, no fundo de uma gaveta, algo que nunca tinha visto. Achei que fosse uma meia sem par, mas o tecido era muito liso. Puxei o objeto para mim, desamarrei o lenço que o envolvia e vi que minha mão direita segurava uma arma. Vocês já tiveram alguma vez uma arma nas mãos? Pesa a ponto de dobrar o pulso, dobrar o braço, todo o quarto dobrado para equilibrar o peso daquele objeto.

Achei a imagem confusa, não sei se consigo me explicar: minha mão rachada nos nós dos dedos, desgastada pelo trabalho, sustentava um revólver sólido, sem dúvida real. Coloquei o dedo no gatilho, estiquei o braço e apontei para o closet. Lá estava a jaqueta azul do patrão, seus ternos pretos e elegantes, suas camisas brancas, azul-claras, cinza, rosa, seu jaleco de bom doutor, e aquele vestido, o preto, que a patroa nunca usou porque parecia vulgar ou porque sua empregada o experimentara. Rocei todas aquelas roupas e era como se eu sentisse a textura delas na ponta dos dedos. E sem pensar, levei o cano da arma até minha têmpora.

O contorno frio do metal me desconcertou, mas o que realmente me apavorou foi que do cano da arma saía vapor, como se já houvesse sido disparada e meu cadáver jazesse no chão da suíte. Não me perguntei se estava carregada. Supus que sim. A arma continha cinco balas, e bastava um espasmo no dedo para que uma delas perfurasse meu crânio. A ponta do meu dedo pressionou um pouco o gatilho. Senti frio e calor. Calor e frio ao mesmo tempo.

É curioso que todos nós vamos morrer, não acham? Todos, inclusive vocês. Não há dúvida disso. A resposta é a mesma, repetidamente. Se você levantarem os olhos e observarem sua mãe, seu pai, seu cachorro, seu gato, sua filha, seu filho, o tico-tico, o tordo, seu marido, sua esposa, a resposta é sempre a mesma: sim, sim, sim. Há apenas duas perguntas sem resposta: como e quando. E essa arma as respondia com absoluta certeza.

A arma pertencia ao patrão, ao medo do patrão. Vi o medo nos olhos dele na noite do assalto. Talvez por isso ele me odiasse. Porque a empregada dele, a essa altura, já tinha visto demais. Viu-o transar com a mulher, viu-o pelado no quarto, viu o pavor que ele tinha da morte. E ele temia mais do que sua esposa. Mais do que a filha. E muito mais do que sua empregada.

Guardei a pistola no lenço e, quando ia devolvê-la ao local onde deveria estar escondida, mudei de ideia. E a levei comigo, isso mesmo. Levei a arma para o quarto dos fundos e a enfiei embaixo do colchão. Caso um dia, uma tarde, eu tivesse de responder a estas duas perguntas. Como? Quando?

O PESSOAL DO ALARME chegou na mesma semana. A menina voltara a fazer xixi na cama e, para que ela se sentisse segura novamente, a verdadeira dona daquela casa, contrataram uma empresa de segurança. A patroa disse:

Estela, você abre a porta pra eles.

E depois:

Fique vigiando, tá? Não tire os olhos deles.

Não havia necessidade de responder. Talvez nunca mais houvesse. Minha mãe tinha me avisado: é uma armadilha, Lita. Mas minha mãe estava morta. Minha mãe continua morta. E essa sim é uma armadilha da qual não há saída.

Eles desceram de uma van com duas caixas de ferramentas e arame farpado que desenrolaram ao redor da cerca da casa. Eu não vi quando ou onde eles ligaram os fios à eletricidade. A patroa e a menina estavam no supermercado, o patrão numa reunião, e eu sentei à mesa da cozinha para picar repolho e ralar cenouras.

Assim que instalaram os fios, bateram na porta. No interior, puseram sensores no teto da sala, refletores automáticos que iluminariam o jardim e uma câmera para o lado de fora. Disseram-me para assinar no fim de uma folha de papel e eu assinei. Um deles era muito alto e levemente corcunda. Enquanto eu escrevia meu nome, ele disse:

Se alguém subir pelo muro, vai ficar frito como um ovo.

Em seguida, exibiu uns dentes manchados, e vi que suas comissuras eram inclinadas para baixo.

À noite, a patroa testou todo o mecanismo da casa. Ela disse que a senha do alarme seria dois dois dois dois. Me ensinou a ativá-lo, a desativá-lo e depois me pediu para fatiar alguns bifes.

Um pouco grossos, disse ela, pra que conservem o sumo.

Cravei a ponta da faca no plástico que envolvia a carne e o cheiro metálico de sangue se espalhou pela cozinha. Então, uma mosca pousou na minha mão. Não pensem que estou divagando. Essa mosca é importante.

Eu a ignorei o máximo que pude. Descansei o pedaço de carne na tábua de corte. O fio da faca atravessou a gordura, os nervos, até encontrar a dureza da madeira. Eu estava distraída com as cicatrizes na tábua e me perguntei se seria possível ignorar esses cortes. Tomates. Frango. Pimentão. Cebola. Um corte sobre outro corte sobre outro corte sobre outro corte. Mensagens das que vieram antes de mim. Avisos para quem me sucedesse.

Deixei os bifes num prato. Estava prestes a temperá-los com sal e pimenta quando constatei que não havia sal. Não havia sal no saleiro, não havia sal no pote onde o sal era geralmente armazenado, também não havia nada na despensa. Um quilo inteiro de sal tinha sido gasto, vocês entendem o que quero dizer? Vocês sabem quanto tempo cabe num quilo de sal? Semanas e semanas em que minha mãe continuava morta e eu polvilhava sal na salada deles, sal nos ovos mexidos, sal no salmão amanteigado. Mais um quilo de sal tinha acabado e eu ainda estava naquela casa.

Engoli em seco, transtornada. A mosca descansava sobre um pedaço de gordura. Sua cabeça era iridescente e ela esfregava as patas pretas e retorcidas. Agitei a mão para assustá-la, mas ela voltou ao seu lugar. Sacudi a mão de novo, ela subiu num voo barulhento e quando pensei que tinha ido embora, ela se precipitou direto para os meus olhos. Fechei-os, agitei as mãos, mas a mosca tentava entrar pela minha orelha. Pelas duas orelhas. Era mais de uma: um enxame de moscas cercava meu rosto. Senti suas asas encostadas nas minhas pálpebras, suas patas se esfregando nos meus tímpanos. Recuei desesperada. Um passo, dois.

Não sei no que tropecei. Senti o golpe na nuca e algo quente na palma da mão. Abri os olhos. Estava no chão da cozinha. A mosca esfregava as patas obsessivamente no meu joelho e minha mão empunhava a ponta quente e vermelha da faca.

Tentei me levantar, mas não consegui. Senti uma tontura e um asco no fundo da boca. Havia sangue na minha mão, um corte na palma da mão, uma mosca no joelho, uma escarrada na boca, uma mãe enterrada. Tudo girava à minha volta. Então ouvi este barulho:

Clac.

Clac.

Clac.

Não sei se eles ouviram. Provavelmente não. Talvez meu silêncio também tivesse aguçado meu ouvido. Respirei fundo várias vezes até conseguir recuperar a calma. Levantei-me, lavei a mão, limpei a ferida e o sangue da ponta da faca. Fritei os bifes. Temperei a salada. Não respondi quando disseram que a comida estava sem sal, só conseguia pensar naquele som:

Clac.

Clac.

Clac.

Como uma bomba-relógio.

A MENINA, NOS ÚLTIMOS DIAS, estava especialmente inquieta. A patroa não deixou que ela fosse para a escola na semana do assalto. Parecia-lhe prudente esperar, mas o patrão a convenceu. Era importante voltar à rotina. Não ficar isolada. Normalizar. Avançar. Ele mesmo a levou para a escola, mas em duas horas a menina estava de volta com cólicas e uma erupção cutânea.

Deixei que ela ficasse na cozinha. Liguei a TV mesmo que a patroa a proibisse de assistir antes de fazer a lição de casa. Estava passando um programa sobre animais, sobre elefantes que ano após ano faziam peregrinações à mesma caverna, e ali lambiam os minerais das paredes e depois deitavam para morrer. A Yany, por sua vez, cochilava sob o batente da porta da lavanderia. A menina parecia estar feliz em vê-la, seu impulso foi o de ir acariciá-la, mas certamente se lembrou das marcas na sua panturrilha e não se aproximou. Eu sei que foi um erro que a menina a visse, mas não tive coragem de expulsar a cachorra. O elefante mais velho, enquanto isso, se distanciava da manada, descia por um bambuzal e se deitava sob um céu escuro para aguardar sua morte.

A menina desviou o olhar da tela e me perguntou por que eu não tinha sentido medo.

Não respondi.

Os outros elefantes continuaram seu rumo, sem virar para trás. Caminharam um pouco mais devagar, com um pouco de tristeza ou indecisão, mas indubitavelmente para a frente.

Eu te vi, disse ela. Você tirou a máscara dele, babá.

Caminhei até a menina, agachei ao lado dela e acariciei sua cabeça. A trança nada mais era do que um tecido desfiado.

Como era o rosto dele?

Quis lembrar daquele rosto, mas não consegui. Só conseguia ver os da minha mãe, os lábios quase pálidos, os olhos cheios de brandura, os dentes arredondados, imperfeitos.

A menina perguntou novamente por que eu não tinha sentido medo.

Meu pai fez xixi, disse. Ele fez xixi nas calças, eu vi.

Soltei sua trança embutida e comecei de novo, do alto, mecha por mecha. Quando terminei, beijei sua testa e me perguntei se sentiria falta dela. Se quando eu fosse embora, sentiria falta daquelas perguntas impertinentes.

Por que você não fala, babá?

Claro que eu sentiria falta dela. Como se sente falta do costumeiro até que um novo costume o substitua.

Fiz-lhe uma vitamina de leite com banana e uma torrada com geleia, mas ela nem tocou neles. Disse que não estava com fome, que não queria comer nunca mais. Vi-a abatida e cheia de olheiras, o olhar sombrio, apático. Queria lembrar em que momento seu rosto havia se transformado. Ela parecia cansada, exausta. Como se tivesse vivido o suficiente.

O leite talhou e a patroa, quando voltou do trabalho, jogou tudo pelo ralo. Ficou ali um momento, olhando para os coalhos estagnados nos buraquinhos, como se ali dentro estivesse a resposta para os problemas da filha, a maneira de tirá-la daquele beco sem saída.

Depois de um tempo, ligou a televisão e preparou um prato de alface com sementes. Agrião e sementes. Chicória e sementes. Começou uma chamada extra no noticiário. Ruas interditadas. Barricadas. Centenas de rostos encapuzados. Saques. Incêndios.

Levantei os olhos. Havia protestos em Santiago, Antofagasta, Valparaíso, Osorno, Puerto Montt, Punta Arenas. A tela se dividia em seis quadros, cada um idêntico ao anterior, exceto um em que certo jornalista questionava uma mulher de olhos cansados:

Eles nos querem mansinhos, disse ela olhando fixo para a câmera.

A patroa ficou assistindo ao noticiário enquanto comia em pé. Terminou a salada sem pressa, pigarreou, franziu a testa e balançou a cabeça da esquerda para a direita, enquanto na televisão um grupo de pessoas arrastava pneus para interditar a avenida.

O patrão se aproximou para ver o que acontecia nas ruas. Eles estavam preocupados, descobri depois. Nas imediações da madeireira também houve protestos. Até os funcionários da clínica se juntaram às marchas. Descontentamento, disseram. Ouvi-os discutindo em frente à televisão: o patrão, a patroa, o fogo ardendo na tela, os rostos cobertos por capuzes. Sem rosto, todos aqueles corpos pareciam compartilhar a mesma cara. Foi o que eu pensei, ou pelo menos acho que cheguei a pensar, pois a patroa desligou a televisão meio incomodada, meio irritada, embora eu soubesse que o que havia por baixo de tudo isso era medo.

Assim que saíram da cozinha, ouvi aquele barulho lá fora de novo: *clac, clac, clac*, mas não dei muita importância. A menina começou mais uma de suas birras. Gritava e chorava no corredor, mas logo se cansou. A patroa contemplou aquele cansaço, aquela menina pálida, sem energia, sempre à beira das lágrimas, e foi conversar com o marido.

Não é normal, disse.

Ele agitou a mão. Estava falando ao telefone.

APENAS UMA OU DUAS TARDES se passaram. Ou quem sabe quantas foram?

Eu estava na lavanderia, separando as roupas brancas das coloridas: as toalhas brancas, as cuecas brancas, as camisetas brancas. Era segunda-feira, anotem isso. Sei disso porque às segundas todos os lençóis da casa eram trocados. O que estou dizendo... eram trocados. Na segunda-feira *eu* trocava os lençóis, tirava-os da cama, jogava-os na máquina de lavar e os via submergir sob o peso da água. Um peso avassalador, já pensaram nisso? Um peso que pode ser fatal. Mesmo para uma pessoa treinada e forte. Uma pessoa que sabe nadar. Eu não sei nadar, vocês anotaram isso também? E, no entanto, mergulhei quando vi Julia boiando na água.

O sol brilhava lá no alto, alaranjado, então decidi não usar a secadora e pendurar os lençóis no varal. Aqueles lençóis tão pesados que logo flamejariam na lavanderia. A Yany roncava enrodilhada na lateral da máquina de lavar. Serena. Confiante. Longe da realidade. A menina estava assistindo à TV a todo volume na cozinha. Seus pais estavam no trabalho. Era um dia tranquilo, normal.

Eu tinha terminado de pendurar os lençóis quando a menina se aproximou da lavanderia e me perguntou por que tinha de comemorar seu aniversário. Faltava pouco, e sua mãe lhe falara que haveria uma festa à fantasia. Já tinha o vestido. As crianças se fantasiariam de super-heróis, com os rostos irreconhecíveis sob as máscaras de monstros e animais. Ela queria saber como sabíamos que os homens maus não viriam. Então ficou em silêncio, como se pensasse alguma coisa importante, e me perguntou por que aquele homem, aquele de máscara, odiava tanto seu pai, por que ele odiava sua mãe.

Ele me odeia também, babá?

Era isso que ela queria saber. Continuei estendendo os lençóis para que eles não enrugassem. Quando restava alguma dobra, nem o ferro a tirava. Era importante pendurar o tecido o mais esticado possível. A menina se desesperou quando eu não respondi. Começou a gritar, estrilar, bater nas minhas pernas. Estava com fome, estava com sono, estava em pânico, aquela menina. Ela queria saber por que tinha de comemorar se não queria mais fazer aniversário. Por que teria de usar aquele vestido branco de princesa.

Seu rosto estava descontrolado, fora de si. E eu me perguntei em que momento aquela menina havia se enchido de desespero.

Por que as máscaras, babá?

Por quê? Por quê?

Por que você não fala comigo?, ela disse.

Diga alguma coisa, ordenou.

Fale alguma coisa ou eu vou contar tudo, babá.

Isso era uma advertência. Fitei seus olhos e acreditei que podia ver através dela: seu medo, sua ansiedade, sua arrogância infinita. Eu poderia ter respondido: pirralha de merda, malcriada, menininha grossa, uma frase que a pusesse no lugar dela. Minha voz, no entanto, já estava muito longe.

A Yany levantou a cabeça diante das ameaças da menina e ficou alerta, de pé.

Vou contar tudo, disse e correu para dentro da casa.

A Yany voltou a desabar sobre as patas traseiras, apoiou a cabeça no chão e fechou os olhos. Achei que ela havia envelhecido e disse a mim mesma: como você. Você também envelheceu. E então, muito claramente, soube que tinha de ir embora o mais rápido possível. Minha mãe já não precisava do dinheiro. Eu poderia levar a cadela comigo. Aquela vira-lata mansa que cochilava enquanto a sombra dos lençóis acariciava seus pelos opacos, de animal cansado.

Acho que essa ideia me levou longe e por isso não a ouvi entrar. Não ouvi o carro, as chaves ou os saltos atravessarem a cozinha. Só aquela exclamação e depois meu nome, rodeado de espinhos.

Estela.

Foi o que disse a patroa diante daquela vira-lata desconhecida, aquela cadela insolente, ordinária, potencialmente perigosa, que levantou de um salto sobre suas quatro patas e exibiu suas presas de cadela velha.

O que é isso? Como você se atreve?, ela disse fora de si e eu vi como as costas da Yany se eriçavam, como seus olhos se enchiam de medo.

A menina ficou ao lado da mãe com uma careta desenhada na boca. Um gesto entre raivoso e vingativo, que a tornou adulta por um instante. Ela e sua mãe me olharam com expressões idênticas, e percebi que suas comissuras, as de ambas, tinham começado a apontar para baixo.

A Yany retrocedeu e se aproximou da parede da lavanderia. Lembro-me de ela me olhar desconsolada, como se eu tivesse quebrado uma promessa. A patroa, enquanto isso, a encurralava com o corpo. Batia palmas, abria os braços e gritava:

Fora, cachorro, fora.

Enxotava a Yany para a saída, longe da sua propriedade, longe da sua filha.

A cadela refez os passos com as costelas encostadas na parede e atravessou a passagem que unia a lavanderia e o jardim da frente. Atrás dela vinham a patroa, a menina e também eu.

Já no jardim da frente, a poucos metros da cerca, a Yany parou. Eu não sabia o que fazer, como explicar para a Yany que aquela não era minha casa, não era uma decisão minha. Estava imóvel, a cachorra, quase ao lado da cerca, mas muito assustada para conseguir se mover e escapar de lá.

A patroa se desesperou, gritou:

Estela, cuide disso.

E depois:

Sai daqui, cachorro, fora, fora.

A Yany continuava atordoada, totalmente imóvel. A menina, diante dos gritos, começou a soluçar. A patroa batia os braços fora de si, até que de repente parou. Olhou para a mangueira, para a cadela, e decidiu.

Ela mirou no peito da Yany e abriu o registro ao máximo. Encharcada, assim ficou a cachorra, e começou a latir. Foi um latido triste e desesperado que partiu meu coração, mas que não deteve a patroa. Ela lançou o jorro de água diretamente nos seus olhos, e a cadela, entreabrindo as pálpebras, sem saber o que fazer, finalmente se rendeu e se esgueirou entre as grades da cerca.

Naquele instante, o tempo parou. Registrem isso nos seus papéis. Que o tempo estancou ou talvez eu tenha ficado de fora de um tempo que continuava seu curso sem mim. Porque quando a Yany estava prestes a sair de casa, com o corpo metade para fora e metade para dentro, o rabo no jardim e a cabeça na calçada, todos nós ouvimos, a patroa, a menina e eu, aquele

golpe seco, *clac*, como uma chicotada. Veio da cerca eletrifica-
da, dos cabos de alta tensão, do arame farpado que coroava os
muros da casa. E junto com o barulho saltaram faíscas brancas,
vermelhas e amarelas.

A luz piscou por todo o quarteirão e depois apagou. A rua
ficou na escuridão, assim como a casa. Fiquei surpresa com o
silêncio, com a falta daquele barulho, o *clac* que eu vinha ouvindo há dias. Em poucos segundos, a luz voltou. Os alarmes
soaram em todas as casas. Todos os outros cães uivavam com
aquele barulho agudo e terrível.

Levei a mão à boca, como se uma palavra quisesse sair e eu a
enfiasse pelos cantos. Caí ajoelhada ao lado da Yany, agora des-
maiada no chão, com a cabeça apoiada na calçada e o resto do
corpo no jardim da frente. Toquei-a, toquei sua barriga e notei
que respirava. Ela ainda estava quente, viva. Havia sobrevivido.

A menina começou a chorar alto. A patroa também gritou:
Não toque nela, Estela, você pode ser eletrocutada.

Sua voz soou remota, como se estivesse no fundo da água.
Inclinei-me para a frente, alcancei sua cabeça entre as barras e
com as mãos levantei-a para olhar em seus olhos. Não era mais
ela. A Yany já não habitava aqueles olhos e no seu lugar havia
uma súplica, um apelo desesperado. Estava agonizando. Sua
respiração tornara-se pesada. Minha cachorra prestes a morrer. A menina não parava de chorar. A patroa gritava para que
ela entrasse, que não visse aquilo, não. Mas a menina, aquela
menina, tinha que ver.

Beijei sua cabeça grande e desejei que ela morresse naquele
instante. Já chega, pensei, chega, chega, chega, mas meu pensamento não foi capaz de pôr fim àquela dor.

Levantei-me, olhei para a patroa e caminhei decidida em
direção à casa... o que estou dizendo, o que estou dizendo? Risquem isso, por favor.

Foi como se meu corpo se mexesse sozinho, meu corpo sem mim, porque eu, em nenhum momento, deixei de estar ao lado da Yany, nunca deixei de acariciá-la, jamais a abandonei, mas aquela mulher, aquela que fui eu naquele passado, se levantou, entrou no quarto dos fundos e sua mão procurou a arma embaixo do colchão.

Voltei para a cerca com aquela arma que já não me parecia tão pesada, já não tão sólida, mas perfeita, e sim, claro, pensei em matá-la. Meter uma bala no coração da patroa e que ela morresse no seu jardim, com sua arma, assassinada por sua empregada diante dos olhos da sua única filha.

Fiquei ao lado da Yany e vi que sua barriga tremia. Pela última vez olhei para ela, pisquei bem devagar e, sem hesitar, mirei entre suas orelhas, destravei a arma e meti uma bala na sua cabecinha macia, de cachorra mansa, de bondade infinita.

O sangue jorrou no meu uniforme e o barulho assustou um bando de sabiás. E aquele barulho, aquele estrondo, me fez estremecer. Como se, de repente, eu tivesse acabado de acordar.

AGORA, MEUS AMIGOS, gostaria que prestassem muita atenção em mim. Acho que já falei o suficiente para chamá-los do que eu quiser. Se vocês estão aí, do outro lado, parem o que estiverem fazendo. Sei que demorei muito tempo, sei que às vezes parecia que eu os conduzia de desvio em desvio, mas o que vamos fazer? Sem desvios é impossível reconhecer a estrada principal.

Às vezes, os fatos são apresentados de forma confusa. A culpa é das palavras, sabiam? As palavras se desprendem dos fatos e é impossível nomeá-los outra vez. Foi o que aconteceu comigo naquela casa; tanto silêncio causou o colapso. Os pensamentos mais simples se desintegraram, as ações cotidianas se desvaneceram: como engolir sem engasgar, como expelir o ar dos pulmões, como chamar o próximo batimento cardíaco. Quando isso acontece, é muito difícil entender a realidade. Não há palavras, entendem? E sem palavras não há ordem, nem presente nem passado. Não é possível, por exemplo, perguntar se os objetos nos veem: se os salgueiros, se os cactos, se os sanhaços olham para nós ou apenas olhamos para eles e lhes impomos esses nomes: salgueiro, cacto, sanhaço. E se desaparecem quando não falamos ou se o mundo continua seu curso, intacto e mudo.

Não sei se vão me entender. Sei que é difícil, talvez confuso, mas pensem no Sol. Muitas vezes tenho dificuldade em entender qual é o propósito, o motivo dele, por que teimar assim, insistir assim, o Sol, todos os dias, todas as manhãs, o Sol, o Sol, o Sol. O pensamento do Sol me enlouquece. Mesmo que o céu se cubra de nuvens. Mesmo que seja noite e desapareça, o Sol continua sendo verdade. Uma verdade disparatada. Uma verdade além dos meus olhos e além das palavras. E vocês, amigos... Como entendê-los? Será que por acaso vocês também são como o Sol ou vão desaparecer quando eu me calar? E o que pensam de si mesmos quando não estão aqui, quando se barbeiam em frente ao espelho ou abotoam a camisa? Ou quando se maquiam e passam batom nos lábios para ficarem bem? Quem são vocês? Como se vestem? Como é o timbre da voz de vocês? Quem é capaz de ficar atrás de uma parede e julgar sem mostrar os próprios olhos?

Os fatos se apresentaram sem aviso, entendam isso de uma vez. E sem aviso prévio é muito difícil, é quase impossível resistir a eles.

A menina tentou engolir o choro, mas não conseguiu.

Ela está morta?, perguntou, com o rosto cheio de lágrimas.

A patroa assentiu e disse:

Sim.

A menina olhou para a arma, minha mão, o sangue, a cadela. Foi nesse momento que a ideia nasceu. Não tenho dúvidas. Uma ideia sombria que se aninhou lá no fundo, na mente fértil daquela menina.

A patroa arrancou a arma da minha mão e não sei como a descarregou. Quatro balas caíram sobre a grama recém-aparada. A quinta estava agora dentro do corpo macio e inerte da Yany. Ela levantou a criança nos braços e, quando estava prestes a entrar na casa, virou e disse:

Cuide do animal.

E depois:

Eu vou ligar pra que a levem.

Eu a observei por um segundo que foi muito mais lento do que um segundo. A Yany não se mexia. Não respirava. Não latia. Não rosnava. Viva-morta. Foi o que eu pensei. Na linha que separa essas palavras, pouco menos que um piscar de olhos. A Yany viva — a Yany morta. Minha mãe viva — minha mãe morta. A morte, pensei, era se tornar puro passado. Era nunca mais ficar doente. Era simples, rápida. Não era terrível, sabiam? Nunca tinha sido. O terrível, o assustador, era morrer.

Procurei um saco de lixo na despensa e voltei para o jardim da frente. Eu me ajoelhei ao lado da Yany e a enfiei lá dentro. Achei-a incrivelmente pesada e por isso a levei arrastada para a lavanderia. Deixei-a no chão, deitada ao lado da tábua de passar roupa. Na manhã seguinte, alguém viria. Um homem com luvas que levantaria o corpo dela e a levaria numa caminhonete. Pensei no corpo incendiado, no cheiro, nas chamas. Senti náuseas nesse momento. Agora volto a sentir.

Não sei por que fiquei esperando a polícia vir. Talvez um vizinho tivesse chamado, mas a polícia não vem por causa de uma vira-lata morta. Saí da cozinha e me fechei no quarto dos fundos. E enquanto lavava as mãos no banheiro, enquanto esfregava minhas unhas, minhas cutículas, cada dedo, cada fenda, até que ficassem limpas, impecáveis, a patroa se aproximou pela última vez. E da soleira daquela porta de vidro, da sua porta de vidro que ficava na sua casa, no seu bairro, no seu país, no seu planeta, ela falou, falou e falou.

Você está louca, disse ela.

Não respondi.

Você enlouqueceu, Estela, como pôde fazer isso?

Não me lembro o que mais ela disse. Sim, atrás dela, na televisão, transmitiam os protestos no centro, as barricadas em

Valparaíso e também as marchas em massa na ponte de Ancud. Lá, bem longe, ficava o canal que levava à ilha. E no interior dela, no meio do campo, a casa da minha mãe. Lá e não em Santiago é onde eu deveria estar.

A menina tinha contado tudo à patroa. Que a cadela vinha fazia meses. Que seu nome era Yany. Que semanas atrás ela a mordera na panturrilha. Contou-lhe sobre o rato gordo e rosado. Do sangue que escorria por sua perna machucada. Ela contou que a babá a obrigara a limpar o chão da cozinha. Que a fizera prometer guardar segredo. Que tinha passado um chumaço de algodão com álcool. A patroa deve ter visto aquelas duas cicatrizes sem acreditar no que via. Então vieram os gritos, nada mais. Depois, acalmou-se. Por fim, ela disse que me pagaria um mês adicional, mas que eu fosse embora o quanto antes, não queria nunca mais me ver.

De manhã cedo, quero você fora daqui, foi o que a sra. Mara López disse.

Quando se cansou, algumas horas depois, foi a vez do patrão.

Ele entrou na cozinha e sem me olhar, do outro lado da porta, disse que tinha deixado o cheque no balcão.

Há um limite, disse.

Havia um limite para tudo.

O cheque ficou lá, confiram, estou falando com vocês. Um cheque por um mês para que eu, em exatos trinta dias, encontrasse outro emprego e limpasse as crostas de merda em outro banheiro, de outra casa, de outra boa família.

ERAM TRÊS HORAS DA MANHÃ quando acordei. Ou talvez eu já estivesse acordada, talvez nem tenha dormido naquela noite. Eu levantei, sentei na cama e tive o seguinte pensamento: sete anos se passaram, sete Natais, sete festas de Ano-Novo. Você era sete anos mais jovem, suas mãos menos ásperas, sua voz menos áspera.

Iluminada pela luz da mesinha de cabeceira, procurei essa mesma saia preta, essa blusa branca e esses tênis de sola gasta. Soltei o cabelo e o escovei. As pontas quase roçaram minha cintura, e esse contato me surpreendeu. Como se houvesse uma desconhecida dentro daquele quarto. Aquela outra mulher, sete anos mais nova, aquela que tinha visto os uniformes e seu botão falso no primeiro dia de trabalho: segunda, terça, quarta, quinta, sexta, sábado.

Atravessei o jardim da frente e saí para a rua. Os galhos dos liquidâmbares roçavam os postes de iluminação e criavam sombras que pareciam cintilar no nível do chão. Pareceu-me estranho ter vivido tanto tempo na casa e não conhecer aquelas sombras, suas formas no asfalto. No Sul, podia distinguir com olhos fechados o zumbido de cada inseto, os passos do urubu no telhado e a sombra das árvores à noite, quando havia lua cheia. Era a primeira vez que eu andava naquela rua naquele horário. E a última, pensei, e desci a rua.

Não achei que encontraria Carlos, não saí à procura dele. Eu só precisava desanuviar, respirar, pensar. Ou talvez morrer, sabem? Que um carro perdesse o controle e se chocasse de frente contra minhas pernas. Um golpe certo e fatal que me permitiria selar o trio de mortes: minha mãe, a Yany, e eu, o final perfeito para esta história. Mas não havia um único carro na rua e Carlos estava lá. Ele estava se balançando numa cadeira em frente à loja de conveniência, a noite avançava límpida e clara, como se nada de ruim tivesse acontecido, como se nada mais pudesse acontecer. Vi a brasa avermelhada do cigarro iluminar os contornos da boca dele. Aquela imagem ficou gravada na minha mente: homem com boca, homem sem boca. E sabe-se lá por quê, fui determinada ao seu encontro.

Ele não me viu quando me afastei da calçada nem quando atravessei o posto de gasolina desviando das mangueiras de borracha e dos galões vazios. Ele nem mesmo me viu quando eu estava a um passo da sua cadeira e por um segundo hesitei. Talvez não estivesse realmente lá. Talvez um carro tivesse me atropelado ou eu ainda estivesse no quarto dos fundos, tentando dormir, e era tudo um pesadelo do qual eu nunca acordaria.

Sempre gostei do cheiro de gasolina, não sei se já mencionei para vocês. Como ele sobe até a testa e fica ali, inflamado. Senti aquele aroma e imediatamente uma sede enlouquecedora. Uma sede como a que tenho desde que me prenderam neste lugar. Ninguém jamais deveria sentir uma sede como essa. Nem vocês, nem eu. Tanta sede que eu queria enfiar a ponta de uma mangueira dentro da boca, puxar a trava e deixar a gasolina escorrer pela minha garganta.

Quando estava a só um passo de distância de Carlos, quase à sua frente, ele se assustou. Vi o medo se crispar nos seus olhos e fiquei aliviada por ele ter me visto.

O que aconteceu?, ele disse e levantou de um salto.

Ele era só um pouquinho mais alto que eu. De longe, quando caminhava até o supermercado, parecia corpulento, mas era magro e pequeno, com aquele macacão de meio homem. Com aquela mancha de graxa no meio do peito. Que tipo de pessoa esfrega sujeira sobre o coração? Que tipo de homem?, pensei, enquanto o olhava de cima a baixo.

Quando se tranquilizou, sorriu e falou de novo.

Você está bem?, disse ele com a voz cheia de ternura.

Fizeram alguma coisa com você? A Daisy está bem?

Não me lembrava da última vez que tinha ouvido minha própria voz. Quem me perguntara como eu estava, como eu me sentia. Do outro lado do telefone, minha mãe me fazia essa pergunta sem falta. Como você está, bezerrinha? Por que você não volta, menina chucra? Eu não soube como responder a ele. Se tinham feito alguma coisa comigo. Quando, o quê.

As luzes da rua projetavam um brilho tênue e sujo. Fazia calor naquela noite. O rosto de Carlos brilhava. Vi sua expressão séria, um tanto cansada, de alguém que trabalhou demais. Tinha alguns fios brancos, os primeiros, na costeleta direita. Cabelos grisalhos precoces para um cansaço também precoce. Eu me aproximei e toquei-os, convencida de que ele não sentiria meu toque. Sei que é estranho o que digo, mas foi o que eu pensei: que meu silêncio também tinha desvanecido minha pele e ele não podia me ver, não podia me sentir.

Então notei que ele estava suando e fiquei surpresa com a umidade nas pontas dos meus dedos. Perguntei-me se eu também suaria, se o corpo dele me forneceria calor. Carlos não esperou pela minha resposta. Como poderia saber se eu estava bem, se a Yany estava bem?

Ele aproximou seu rosto do meu, e pude sentir sua respiração. Tabaco, fome, uma névoa distante de álcool.

Estela, ele disse assim.

Gostei de ouvir meu nome na sua voz, ouvi-lo sair da sua boca. Ele deu mais um passo para se aproximar, segurou meu queixo e me olhou de frente. Meu peito ficou contra a mancha escura do seu macacão. Tinha olhos grandes, Carlos, cheios de ilusão, e eu, sabe-se lá por quê, senti vontade de fechar os meus.

Ele apoiou seu corpo contra o meu e sua mão puxou minha saia de uma vez. Ouvi-a se rasgar de um lado. Aqui, vocês estão vendo? Eu não queria estragar esta saia, mas Carlos a rasgou aqui mesmo. Um rasgo que eu teria que consertar. Com a agulha e linha, pacientemente costurar esta saia.

Ele levantou minha saia já toda rasgada até a cintura. E da cintura até os tornozelos, baixou minha calcinha com um gesto rápido. Ouvi como abria o zíper do seu macacão e senti seu peito grudar no meu peito. Tinha o corpo firme, quente, e eu gostei desse contato. O suor brotava da minha testa. Senti mais sede, mais calor. Carlos abriu minhas pernas com as pernas dele e me penetrou de uma vez. Agitou-se contra mim. Senti como nós dois respirávamos. Como ele arfava no meu ouvido. Um grunhido manso e sereno, que não sei por que me deixou triste.

Quando ele terminou, eu me virei e levantei a calcinha. Ainda era noite. Aquela noite interminável. Ele queria me abraçar, que eu ficasse por mais um tempo.

Qual é a pressa?, ele disse enquanto eu ajeitava minhas roupas.

Ele não sabia de nada. Nunca saberia de nada. Tem gente que passa pela vida sem saber. Com as comissuras intactas.

Ele subiu o zíper do macacão, e vi a mancha preta reaparecer sobre seu coração. Uma sombra, pensei. A sombra desse coração. E, com essa ideia, virei e voltei para a casa.

VOLTEI PARA A CASA ANDANDO pelo meio da rua. Não cruzei com nenhum carro, nenhum animal, mas quando cheguei à frente da cerca não consegui me mexer. Pareceu-me impossível que a chave que minha mão segurava abrísse aquela porta. E que de um lado da porta, entre os arbustos, estivesse aquele buraco e a evidência da morte da Yany. Lembrei-me daquelas mãos, destas mãos, enfiando o cadáver no saco de lixo. Essas mesmas mãos deixando-a sozinha na lavanderia da casa. Tinha sido tudo verdade. Ainda é tudo verdade.

Talvez vocês não tenham me entendido. Talvez vocês ainda não saibam do que estou falando. Vocês já olharam fixamente para um objeto até que os contornos da realidade começassem a vibrar? Proferiram uma palavra muitas vezes até que ela se desintegrasse? Façam o teste, vamos lá. Vamos ver se entendem a realidade e a irrealidade de uma vez por todas.

A Yany. A Yany. A Yany. A Yany. A Yany. A Yany. A Yany. A Yany. A Yany. A Yany.

A Yany estava morta. Minha mãe estava morta. Mas as mortes, sem exceção, vêm em três.

Não sei que horas eram. Quatro, cinco. Era ainda noite alta. A patroa estava dormindo. Ao lado dela, profundamente, dormia o patrão. No quarto ao lado, a menina. Eu, por outro lado, não voltaria a dormir. E havia outros como eu, outros como Carlos, outros que também não dormiam à noite.

Fui até o depósito, procurei uma pá e voltei para o jardim da frente. Bem em frente ao buraco por onde a Yany entrava e saía, onde eu mesma a matei, comecei a cavar um buraco. A terra era rochosa e resistente, não se deixava perfurar. Tentei até sentir meu pescoço úmido de suor. Mal conseguia arranhar a superfície e, exausta, parei. Olhei para o chão pedregoso, a pá na mão. Não era o lugar dela. Não poderia ser o lugar dela.

Saí para a rua e olhei ao redor. Não demorei muito para encontrar um pedaço de terra ao pé da árvore de corticeira em flor. Comecei a cavar um grande buraco, largo o suficiente, ao lado das suas raízes. Ali, na rua, naquela que sempre foi sua casa. Demorei para fazer aquele buraco. Cada golpe doía. Ninguém pareceu me ouvir. Quando terminei, fui buscá-la na lavanderia, peguei o saco e a levei para fora. Tirei seu corpo e o depositei no fundo com cuidado, como se pudesse machucá-la.

Fiquei olhando para ela por um bom tempo. Os pelos opacos, o esqueleto gravado na sua pele, as costas encurvadas, as almofadas das suas patas pretas e calejadas. Eu a cobri de terra até a beira do buraco, até que a minha Yany desapareceu.

Levantei, sacudi a terra e vi que as estrelas empalideciam. O céu começava a mudar de cor; do preto para um violeta intenso. Vi que a cordilheira despontava do interior daquela escuridão e pensei que aquela montanha, apesar da noite, embora eu raramente olhasse para ela, ainda era verdade. Seria sempre verdade, não importava quem olhasse para ela. E que talvez, dentro de uma escuridão mais profunda e verdadeira, minha mãe e a Yany também continuassem sendo verdade.

ENTREI EM CASA E COLOQUEI ÁGUA para ferver para fazer um chá. O último chá antes de ir embora. Ouvi o barulho naquele momento, assim que liguei a chaleira. Um som inusitado, de águas turbulentas. Primeiro pensei que o aparelho tinha quebrado. Que a patroa teria de comprar um novo. Quase pude ouvir sua voz: Estela, outro aparelho quebrado, como pode ser tão desastrada? Mas escutei o barulho outra vez e percebi que vinha do quintal.

Fui para a sala de jantar sem pensar em nada, vocês não acham estranho? Caminhei para lá sem prever e só quando olhei pela janela é que a vi: uma mancha branca no meio da água.

Estão prestando atenção? Se sim, anotem, foi isso que vocês vieram ouvir.

Hesitei no início. Eu não tinha dormido a noite toda, estava amanhecendo e talvez por isso eu pensasse: você está cansada, está triste, não é nada, não pode ser. A menina está dormindo, disse a mim mesma, na sua cama, com seu pijama azul-claro, com a trança desfeita. Acho que pisquei várias vezes, como se não conseguisse entender o que via. Parecia um erro, estão me entendendo? Uma silhueta branca suspensa na água e o cabelo ondulando como uma mancha de petróleo sinistra. Seu rosto apontava para o fundo, os braços bem abertos. E foi como se toda aquela água parada me devolvesse o olhar.

Talvez alguns segundos tenham se passado, ou talvez tenha sido mais do que isso. Segundos como horas. Dias como anos. Fiquei imóvel do outro lado da janela. Isto sim eu confesso: minha reação não foi a mais adequada. Eu só conseguia pensar numa coisa, um único pensamento intrusivo repicava na minha cabeça. A menina logo acordaria e eu teria de escovar seus cabelos, convencê-la a comer pão, calçar os sapatos, e se eu mergulhasse na água, se eu afundasse na piscina, iria me atrasar e não conseguiria aquecer o leite dela, trançar aquele cabelo, preparar o café da manhã dos pais e guardar as xícaras com as xícaras, as colheres com as colheres, as facas com as facas. Essa ideia me desorientou. E então sim eu a vi. Vi o corpo da menina de bruços na água da piscina.

Saí correndo e, sem pensar, mergulhei. Com esses mesmos tênis, com esta saia, com essa blusa, com meus cabelos soltos e compridos afundei na água. Isso mesmo: a mulher que cuidara daquela menina por sete anos, a que trocara suas fraldas, amarrara seus cadarços e esfregara seus sovacos, a que limpara seu cocô, a que brincara com ela, a mulher da limpeza, a babá, que não sabia nadar, se atirou na piscina.

A água me envolveu e entrou aos borbotões pela minha boca e pelas minhas narinas. Eu me mexi, agitei os braços, abri os olhos lá embaixo. Sombras, foi isso que vi, e a silhueta escura da menina. Eu estava me afogando, entendem? Logo eu morreria, meus pés não encontravam nada além de água, apenas água entre meus dedos. Foi curioso aquele momento. Que eu não sentisse medo. Apenas um silêncio interminável que pouco a pouco me rodeava. Parei de mexer os braços, parei de resistir. E o que senti foi uma total serenidade. Eu estava me afogando em silêncio. Estava tudo acabado. As segundas, as terças, as quartas, as quintas, as sextas, os sábados. O sujo e o limpo. A realidade e a irrealidade.

Não sei o que aconteceu. Nada, com certeza. Eu me deixei ir. Deixei-me morrer de ânimo leve. Minhas pernas, no entanto, começaram a se mover. Meus braços, meus pés, se bateram contra a água. Comecei a chutar desesperadamente com uma ideia fixa na cabeça:

Não.

Não.

Não.

Não.

Não sei de onde veio esse impulso, o que alimentou esse desejo. Isso foi tudo o que aconteceu, essas três letras, nada mais. Isso foi o suficiente para me arrastar como um anzol para a beira da piscina.

Minha cabeça emergiu, me agarrei à beirada, apoiei os antebraços nas pedrinhas e respirei todo o ar da cidade, todo o ar do planeta. Tossi, como eu tossi. Só depois de um tempo consegui sair e me deitar de costas na beira da piscina. Os olhos abertos, perplexos, voltaram a pestanejar. Um ximango com as asas estendidas pairava em círculos sobre a casa. Nuvens pálidas sobrevoavam os galhos das árvores. E sob as nuvens e galhos, sob o voo daquele ximango estava eu, viva.

Respirei fundo muitas vezes, até que o coração parou de latejar no meu peito. Sentei-me, estiquei o braço e puxei a manga do vestido para aproximar a menina da beira da piscina. Tive dificuldade em arrastá-la. O cinto em volta da cintura havia ficado preso no filtro da piscina. Tive de puxar muito para que ele se soltasse. Ficou ali, aquele cinto rosa, flutuando na água como um sinal.

Levantei-a o melhor que pude, agarrei-lhe o braço e, fora da água, apoiei-a no chão. Meu impulso foi fechar seus olhos.

Também arrumei o vestido sobre suas pernas e estiquei os braços ao lado do corpo. Ela estava linda, naquele vestido branco que tanto tinha detestado. Linda com as pálpebras fechadas e a boca fechada e a vida também fechada.

Olhei para ela por muito tempo, como à espera de que acordasse. Ela não despertaria mais. As lembranças que estavam gravadas na sua mente desapareceriam com ela e eu também, porque eu era mais uma dessas lembranças. Não sei o que senti. Também não importa. Sei que me perguntei se sentiria falta das suas músicas, das suas corridas pelo corredor, da sua permanente exasperação. E a resposta foi sim, claro que eu sentiria falta dela. E também foi não, de forma alguma.

Levantei-me e observei a casa do jardim dos fundos. Aquela casa de verdade, com seu terraço de verdade e seus quartos e banheiros também de verdade. Só então, em frente à casa, me lembrei deles: a patroa, o patrão. E me perguntei como essa tragédia percorreria o rosto daquele homem; como essa notícia se incrustaria no rosto devastado daquela mulher.

Totalmente encharcada, passei pelo pátio e entrei na casa pela sala de jantar. Meus passos molhavam o tapete e o piso laminado do corredor, manchando-o com auréolas escuras que eu não precisaria mais limpar. Segui adiante e fiquei por um segundo parada em frente à porta do quarto deles, mas não hesitei muito e entrei sem bater.

A patroa dormia de costas, com a placa dentária manchada de sangue. O patrão, encolhido como uma criança, mal roncava. Não sei quanto tempo fiquei olhando para eles. Meus pés já formavam uma poça quando comecei a sentir frio e me assustei com o despertador. Eram sete da manhã. O dia deles estava prestes a começar.

A patroa apalpou a mesinha de cabeceira e desligou o relógio. Sentou, esfregou os olhos e pareceu duvidar deles. Dos seus olhos, quero dizer, e é por isso que ela os esfregou até que eu apareci com clareza na frente dela.

O que aconteceu?, ela perguntou.

A frase foi mais longa, mas eu não a entendi. Sua voz despertou o patrão. Sentou alarmado. Ele já sabia o que tinha acontecido, claro que sabia. Olhou para a mulher parada aos pés da sua cama, engoliu em seco e falou.

A Julia, ele disse e levantou.

Nenhum dos dois se atreveu a dar outro passo. Ninguém falou nada. Pela primeira vez em todos esses anos, me deram tempo suficiente para encontrar a frase exata. E lá fiquei, bem quieta, como se aquele dia contivesse milhões de horas e eu dispusesse, para falar, de um tempo infinito.

Muitas vezes, enquanto eu estava em silêncio, eu me perguntava quais seriam minhas primeiras palavras. Se elas nomeariam uma coisa nova ou bela ou se eu nunca mais voltaria a falar e o novo, o belo, ficaria dentro de mim, a salvo. O curioso é que elas saíram simplesmente. Como se as palavras, uma a uma, resvalassem da minha boca. Foi uma voz precisa que brotou, cheia e suave. Uma voz enrouquecida pelo silêncio, mas que dizia a verdade.

A menina está morta, eu disse.

E ouvi isso que disse.

Não fui capaz de esperar a reação deles.

SAÍ DO QUARTO PARA O CORREDOR, do corredor para o jardim da frente, passei por ele, abri o portão e saí daquela casa.

Primeiro caminhei pela calçada em ritmo lento, indecisa, como se não soubesse para onde ir. Meus passos se firmaram logo depois, e eu já não conseguia parar.

Peguei a rua principal e atravessei direto para o posto de gasolina. Carlos, ao me ver, levantou a mão e sorriu. Então ele viu minha roupa molhada, meu cabelo ainda pingando água, e sua mão ficou para cima, como se não pudesse mais movê-la. Pareceu-me que ele hesitou antes de falar, que não conseguia encontrar as palavras.

Você está bem?, disse ele.

Pegou nas minhas mãos, mas eu as tirei. As dele estavam mornas e sua temperatura me fez notar o frio nas minhas. Senti minhas roupas encharcadas. Meu cabelo pingando nas costas. Meus pés úmidos dentro dos tênis surrados. Ele tinha o direito de saber, pensei enquanto o olhava. Ele também amava a cachorra, mesmo que a tivesse chamado por outro nome.

A Yany está morta, eu disse.

Estava começando a fazer calor. Um calor seco, opressor, do qual não haveria como escapar. Limpei a garganta e falei de novo.

Minha mãe também morreu. E a menina...

Parei. O trio havia se completado.

Carlos queria saber o que tinha acontecido. Eu não respondi a essa pergunta. O que importava a causa? O trânsito, aos poucos, ia preenchendo a rua. Os carros se juntavam numa fila na entrada do posto de gasolina.

Estou indo pro Sul, disse de repente.

Gostei do timbre da minha voz. Ou talvez eu tenha gostado daquelas palavras que deveria ter pronunciado muito antes.

Ainda estava perplexo, Carlos, seus olhos cravados nos meus. E eu me perguntei se lá dentro, nos meus olhos, já era possível ver o campo, as macieiras, os maçaricos, a chuva sobre o mar.

Um carro buzinou para que Carlos o atendesse. Ele queria encher o tanque. Que o funcionário limpasse seu para-brisa. Que verificasse a água e o óleo. E deixar-lhe uma gorjeta no final. Carlos fez um gesto com o braço para que todos que estavam esperando fossem embora.

Notei sua respiração agitada, seu peito se enchendo de ar. Ele estava vivo, pensei, e esse pensamento me deixou feliz. Carlos voltou a falar, dessa vez com uma voz mais determinada.

Vamos para o centro, disse. Vamos agora.

Eu não entendi a qual centro ele se referia, o centro do quê, para onde, mas também não perguntei. Não havia mais nada a dizer. Eu deixaria aquela cidade de uma vez por todas.

Subi na calçada e desci a rua com determinação. Vocês provavelmente já sabem disso, mas Carlos me seguiu. Não virei em nenhum momento, já disse que não queria olhar para trás, mas ele andava como uma sombra atrás de mim. Eu não o detive, também não falei com ele. Tudo o que eu queria era me afastar daquela casa o mais rápido possível. Que o quarto de serviço e a menina morta também se afastassem de mim.

Eu queria esquecê-los, entendeu?, arrancá-los da minha mente, mas por mais que eu me apressasse, eles ainda estavam lá: o patrão, seu jaleco branco, os punhos brancos das suas camisas; a patroa em frente ao espelho escondendo as primeiras rugas da sua pele; e a menina, aquela menina raivosa que aprendera precocemente a andar, a falar, a mandar na empregada. A menina, seus olhos abertos, seu corpo afundado na piscina; a garota que eu nunca deveria ter amado e amei de qualquer maneira. É assim que somos, pensei, e pude ouvir a voz da minha mãe. É assim que as pessoas são, repeti para mim, e essa frase me deu um impulso.

Vi que a uma quadra de distância a rodovia começava. Já disse que não havia ônibus naquele bairro, e aquele dia não foi exceção. Se caminhar era a única maneira de chegar ao terminal, era isso que eu faria. Não sei quanto tempo andei. Os carros zumbiam no meu ouvido, o sol nascia atrás de mim, a passagem era estreita, perigosa, mas não hesitei. Carlos também não me deteve. Perguntem a ele, que estava atrás. Eu apenas olhava para a frente, pronta para caminhar até o campo, a cruzar nadando o canal. Sair, era isso que eu queria. Ir embora dessa cidade amarela e marrom para a qual eu nunca deveria ter vindo.

Depois de caminhar por muito tempo, a rodovia afundou sob a terra. Tudo ficou escuro e confuso. Um rugido ensurdecedor. Eu havia dado uns poucos passos dentro do túnel quando um caminhão buzinou para mim. Assustada, parei. Minhas roupas e sapatos pesavam. Não havia ar lá embaixo. Apenas barulho, escuridão, manchas de óleo no asfalto. Os carros não paravam de zumbir. As buzinas não paravam. Naquele momento hesitei, lembro-me bem disso. Eu não sabia, anotem isso, se eu realmente estava lá. Se eu continuava no mundo ou se o mundo tinha seguido seu curso sem mim. Deviam ter me atropelado, ou pior: havia salvado a menina, eu a arrastara para a borda, e agora meu corpo estava na água, de bruços, de uniforme, e a prova da minha morte era meu lugar naquele túnel: muito longe da entrada e muito longe da saída.

Mas ali estava a saída, foi o que eu disse a mim mesma. A boca do túnel cada vez maior, mais próxima, mais iluminada. Continuei caminhando ao longo da passagem, imaginando o que teria acontecido a seguir. Se por acaso a patroa ou o patrão teriam chamado a polícia. Ou se, ao ver o corpo da filha, teriam tomado muitos comprimidos; ele, ela, todos os comprimidos espalhados naquela casa. Ou se talvez, quando eu saí, eles tivessem procurado as balas no gramado. E se a patroa teria empunhado aquela pequena arma e disparado uma bala no coração de cada um. Do pai e da mãe. Do marido e da mulher. Do patrão e da patroa, finalmente mudos.

Lá fora, a luz do sol me cegou. Demorei um pouco para me acostumar, mas aos poucos a realidade reapareceu. Notei que não havia mais casarões. Nem parques nem calçadas largas. Terra, isso eu vi. Poeira, isso eu senti. E gente, mais gente do que jamais tinha visto. Saíam dos comércios, das estações de metrô, dos prédios e escritórios.

Não fiquei surpresa no início, o que eu ia saber? Tinha andado demais, trabalhado demais. Eu só queria chegar à estação o mais rápido possível, então segui por um caminho ao longo da margem do que costumava ser o rio. O calor apertou a testa dos estranhos ao meu redor e também a de Carlos, que de repente apareceu ao meu lado. Suado, vermelho de calor, na beira daquele calçamento ressecado.

Quase te matam, ele disse, e continuou andando ao meu lado.

Ao lado dele estava uma mulher, depois outra, outro homem. Tanta gente, pensei. Cada uma dessas pessoas com seus empregos, com seus horários, com seus chefes. Pareciam ir juntas para o mesmo lugar. Percebi isso naquele momento. Todos juntos se moviam na mesma direção.

Caminhei com Carlos até a Alameda e só lá entendi o que estava acontecendo. Eram milhares de pessoas, isso vocês já devem saber. Milhares de homens e mulheres e outros milhares que chegavam e enchiam a avenida. Notei que não sentia meus passos. Que, se eu falasse, não ouvia minha própria voz. Confundiam-se com os outros passos, com as outras milhares de vozes. Havia tanta gente que todas as casas e edifícios deviam estar vazios. Exceto por essa única casa. Aquela casa com a televisão sintonizada no canal de notícias.

Nós nos misturamos entre os corpos até que não fosse mais possível seguir em frente. Parei, e ao meu lado Carlos também parou. Lembro-me bem do seu olhar, aberto, sereno. Era assim que uma pessoa deveria olhar para outra.

Carlos me pegou pelo braço para que nos adiantássemos um pouco. Eu não queria me mexer. Minhas pernas doíam, meus pés doíam, mas eu ainda avançava entre aqueles milhares de corpos. Não demorei muito para perceber que meus olhos doíam. Uma coisa arranhada nas pálpebras me impedia de ver além. Esfreguei os olhos, eles estavam queimando. A pele do meu rosto estava queimando. Devia ser cansaço, pensei, até que vi um gás denso e branco se imiscuir pelos meus pés.

O ar ficou duro, pungente, e só entre piscadas pude ver o que estava acontecendo a poucos metros de distância. Caminhões, uniformes, capacetes, balizas. Aqui começa a parte que vocês conhecem melhor do que eu. Um estrondo, outro. Insultos, gritos. Senti meus tímpanos serem perfurados, meus olhos se encherem de fumaça. Um gás cada vez mais denso aguilhoava meus olhos. A voz de Carlos gritou uma frase que eu não consegui entender. Tudo aconteceu tão rápido. As pessoas corriam ao meu redor, tentando escapar. Eu também queria fugir, mas o medo tomou conta das minhas pernas. Não conseguia respirar. Fiquei imóvel em meio aos gritos. Os de uniforme atacavam.

A próxima seria eu. Meu coração golpeava o peito, aquele era o único som, o bater do meu coração e, de repente, uma imagem. Não é um desvio, acreditem, foi exatamente assim: minha mãe estava tomando chá e me olhava com o vapor embaçando seus óculos e a Yany também me olhava deitada aos seus pés e a menina estava ao lado dela, acariciando a cabeça da Yany. Meu medo não tinha sentido. Medo de quê, de perder o quê?

Comecei a correr entre as pessoas e vi que Carlos ainda estava ao meu lado. Ele pegou minha mão e a puxou para que eu corresse ao lado dele. Outros gritavam, fugiam, se agachavam atrás dos carros. Tinham bloqueado a rua, ouviram-se tiros, havia cheiro de fumaça. Entre algumas chamas, vi que um vira-lata rosnava para os policiais. Um deles se aproximou e chutou a cabeça do animal. O cachorro emudeceu. Recuou assustado. Senti minha respiração se agitar, algo no meu peito queimava. Carlos me agarrou, olhou diretamente para mim e disse uma única palavra:

Corre.

Ele apontou para um canto. Seguimos para lá com um grupo menor que se separou da multidão. Enxames de homens, de mulheres iam de um lugar para outro. Chegamos num beco onde alguns garotos despregavam paralelepípedos do chão. Arrancavam-nos com hastes de ferro, os agarravam e corriam para a frente. Atrás, a polícia. Em frente também. Cercados, pensei, e olhei para baixo.

Vi que debaixo dos paralelepípedos, sem pisar, a terra ia ficando preta. Lembro-me disso como um achado no meio de tanta confusão: aquela terra preta e sobre ela, Carlos, determinado. Ele pegou uma pedra, levantou e olhou para mim daquele jeito. Seus olhos lacrimejavam pelo gás, a mancha preta no seu peito.

Até quando?, ele disse, ou acho que disse.

O barulho tornou-se estrondoso, mais gases nos cercavam. Perdi Carlos de vista. Não sei se ele jogou a pedra ou não. Fazia muito calor. Tanto fogo, tanto sol, tantos corpos no mesmo espaço. Como eu estava com sede. Quanto tempo se passou. Quantos cafés da manhã, quantos almoços. Quanta limpeza, quanta sujeira. Senti meus dedos se contraírem. Meus punhos fechavam e abriam. Eu me inclinei e peguei uma dessas pedras também. Isso mesmo, admito, peguei uma pedra com a mão.

Aí veio uma sensação que eu quero deixar gravada. Uma ferida se abriu nas minhas entranhas, aqui, aqui mesmo, e a dor me obrigou a parar. Entendi que ir embora seria impossível. Eu não conseguiria chegar à estação. Eu não iria para o Sul. Mais alguns minutos e eu me desmancharia no meio daquela rua. Era como se eu estivesse me incendiando, sabiam? Como se eu queimasse também. Esta era a última coisa que eu podia exigir do meu coração; a última coisa que eu pedia das minhas pernas.

Com a mão erguida acima da cabeça, ganhei impulso e corri. Corri como nunca tinha corrido antes. A mão que eu usara tantas vezes para cozinhar, lavar, consertar e passar e que vocês, em vez disso, usarão para apontar e julgar, levava aquela pedra firmemente presa entre os dedos. Mas essa mão, por sua vez, deixara de ser minha. Era a mão desgastada da minha mãe pegando as pedras na praia, trançando o cabelo de outra menina, limpando o banheiro, limpando o chão, assim como minhas mãos tinham limpado o banheiro, o chão. E na cavidade da nossa mão estava agora aquela pedra que se separou de nós, de mim, com uma força desanimadora.

Parei e olhei para cima. Acima da minha cabeça, sob o sol, aquela pedra voou junto com centenas de outras pedras. Não a ouvi cair. Era impossível distingui-la. Fiquei parada, exausta, sem saber para onde ir. A última coisa que vi foi a cordilheira. O céu tingido de rubro. Então senti um golpe na nuca e absolutamente nada mais.

DESPERTEI NESTE LUGAR. E nesta sala abri os olhos. Não tenho lembranças de como cheguei aqui. Não sei quanto tempo fiquei dormindo. Devo ter sonhado em descer aqueles degraus íngremes, andar e depois andar, para uma escuridão cada vez maior. Também deve ter sido um sonho a visão nebulosa do campo, minha mãe e eu arando a terra, suas mãos e as minhas no barro, até que ela me disse que eu devia ir embora porque eu tinha uma coisa urgente para terminar.

A dor na nuca, aqui atrás, me arrancou daquele sonho. Acho que pedi água para vocês, devem se lembrar disso. E enquanto esperava, impaciente, desesperada de sede, olhei para essas paredes descascadas, para a porta trancada pelo lado de fora, para o espelho atrás do qual vocês se escondem, e tive o seguinte pensamento: ninguém sabe resistir a um confinamento como eu.

Não sei se foi asfixia, se o cinto do vestido dela a impediu de nadar ou se ela simplesmente se deixou ir, como aqueles elefantes na selva. Ou se morreu, como a figueira, por causa do futuro insuportável que se desenrolava à sua frente. Não importa mais. Não quero mais falar da morte dela. O que não é nomeado pode ser esquecido, e eu não quero mais nomeá-la.

Terminei, entendem? Este é meu fim. Eu disse que não mentiria para vocês e cumpri minha promessa. É hora de cumprirem a sua e me deixarem ir.

Preciso voltar para o Sul, mesmo que minha casa esteja vazia. Para consertar o piso, o telhado, para plantar um novo jardim. Para colher framboesas e maçãs, amoras e groselhas. E dormir quando quiser dormir. E comer quando quiser comer. E à noite, já deitada, sentir o repicar da chuva. Um aguaceiro longo e denso que me embale até o amanhecer.

Agora lhes peço, por favor, que levantem das suas cadeiras. Sim, falo com vocês uma última vez.

Levantem, encontrem a chave e abram esta porta.

É uma ordem, isso mesmo. Uma ordem da empregada.

Terminei de falar. Cheguei ao fim da minha história.

Vocês, a partir de agora, não poderão dizer que não sabiam. Que não viram. Que não escutaram. Que ignoravam a realidade.

Então levantem, vamos lá. Esperei o suficiente.

Estou aqui, aqui dentro. A porta continua fechada.

Não os ouço do outro lado. Preciso que abram para mim.

Olá?

Estão me escutando?

Tem alguém aí?

Obra editada en el marco del Programa de Apoyo a la Traducción para Editoriales Extranjeras de la División de las Culturas, las Artes, el Patrimonio y la Diplomacia Pública (DIRAC) del Ministerio de Relaciones Exteriores de Chile

Publicado no âmbito do Programa de Apoio à Tradução para Editores Estrangeiros da Divisão de Culturas, Artes, Patrimônio e Diplomacia Pública (DIRAC) do Ministério das Relações Exteriores do Chile

A marca FSC® é a garantia de que a madeira utilizada na fabricação do papel deste livro provém de florestas gerenciadas de maneira ambientalmente correta, socialmente justa e economicamente viável e de outras fontes de origem controlada.

Copyright © Alia Trabucco Zerán, 2022
Copyright da tradução © 2024 Editora Fósforo

Todos os direitos reservados. Nenhuma parte desta obra pode ser reproduzida, arquivada ou transmitida de nenhuma forma ou por nenhum meio sem a permissão expressa e por escrito da Editora Fósforo.

Título original: *Limpia*

DIRETORAS EDITORIAIS Fernanda Diamant e Rita Mattar
EDITORA Eloah Pina
ASSISTENTE EDITORIAL Cristiane Alves Avelar
PREPARAÇÃO Laura Jahn Scotte
REVISÃO Paula Queiroz e Daniela Uemura
DIRETORA DE ARTE Julia Monteiro
CAPA Tereza Bettinardi
IMAGEM DA CAPA Unsplash+, por Daiga Ellaby e Unsplash, por Panos Katsigiannis
PROJETO GRÁFICO Alles Blau
EDITORAÇÃO ELETRÔNICA Página Viva

Dados Internacionais de Catalogação na Publicação (CIP)
(Câmara Brasileira do Livro, SP, Brasil)

Zerán, Alia Trabucco
   Limpa / Alia Trabucco Zerán ; tradução do espanhol por Silvia Massimini Felix. — São Paulo : Fósforo, 2024.

   Título original: Limpia.
   ISBN: 978-65-6000-007-0

   1. Ficção chilena I. Título.

24-193134   CDD — c863

Índice para catálogo sistemático:
1. Ficção : Literatura chilena   c863

Tábata Alves da Silva — Bibliotecária — CRB-8/9253

Editora Fósforo
Rua 24 de Maio, 270/276
10º andar, salas 1 e 2 — República
01041-001 — São Paulo, SP, Brasil
Tel: (11) 3224.2055
contato@fosforoeditora.com.br
www.fosforoeditora.com.br

Este livro foi composto em GT Alpina e
GT Flexa e impresso pela Ipsis em papel
Pólen Natural 80 g/m² da Suzano para a
Editora Fósforo em março de 2024.